Desastre no casamento real

OBRAS DA AUTORA PUBLICADAS
PELA EDITORA RECORD

Avalon High
Avalon High – A coroação:
a profecia de Merlin
Cabeça de vento
Sendo Nikki
Na passarela
Como ser popular
Ela foi até o fim
A garota americana
Quase pronta
O garoto da casa ao lado
Garoto encontra garota
A noiva é tamanho 42
Todo garoto tem
Ídolo teen
Pegando fogo!
A rainha da fofoca
A rainha da fofoca em Nova York
A rainha da fofoca: fisgada
Sorte ou azar?
Tamanho 42 não é gorda
Tamanho 44 também não é gorda
Tamanho não importa
Tamanho 42 e pronta para arrasar
Liberte meu coração
Insaciável
Mordida

Série O Diário da Princesa
O diário da princesa
Princesa sob os refletores
Princesa apaixonada
Princesa à espera
Princesa de rosa-shocking
Princesa em treinamento
Princesa na balada
Princesa no limite

Princesa Mia
Princesa para sempre
Casamento Real

Lições de princesa
O presente da princesa

Série A Mediadora
A terra das sombras
O arcano nove
Reunião
A hora mais sombria
Assombrado
Crepúsculo
Lembrança

Série As leis de Allie Finkle para meninas
Dia da mudança
A garota nova
Melhores amigas para sempre?
Medo de palco
Garotas, glitter e a grande fraude

Série Desaparecidos
Quando cai o raio
Codinome Cassandra
Esconderijo perfeito
Santuário

Série Abandono
Abandono
Inferno
Despertar

Série Diário de uma princesa improvável
Diário de uma princesa improvável
Desastre no casamento real

DIÁRIO DE UMA PRINCESA IMPROVÁVEL

Desastre no casamento real

Escrito & ilustrado por

MEG CABOT

Tradução de
MARIA P. DE LIMA

1ª edição

Galera

RIO DE JANEIRO

2017

CIP-BRASIL. CATALOGAÇÃO NA PUBLICAÇÃO
SINDICATO NACIONAL DOS EDITORES DE LIVROS, RJ

C116d

    Cabot, Meg, 1967-
        Diário de uma princesa improvável 2 : desastre no casamento real / Meg Cabot ;
ilustração de Meg Cabot ; tradução de Maria P. de Lima. - 1. ed. - Rio de Janeiro : Galera
Record, 2017.
        (Diário de uma princesa improvável ; 2)

        Tradução de: From the notebooks of a middle school princess 2: royal wedding disaster
        Sequência de: Diário de uma princesa improvável
        ISBN 978-85-01-11096-1

        1. Ficção juvenil americano. I. Cabot, Meg. II. Lima, Maria P. de. III. Título.
    IV. Série.

17-42524   CDD: 028.5
                                                 CDU: 087.5

Título original:
From the notebooks of a middle school princess 2: Royal wedding disaster

Copyright © 2015 Meg Cabot

Texto revisado segundo o novo Acordo Ortográfico da Língua Portuguesa.

Ilustrações: Meg Cabot
Projeto gráfico original: April Ward
Adaptação de imagens e composição de miolo: Renata Vidal

Este livro foi composto nas tipologias AnkeHand, Beaurencourt FY, Dear Sarah Alt One, Felt
Tip, Gotham Book, Hapole Pencil, Helvetica Neue LT Std, ITC Esprit, Mountains of Christmas,
Roof Runners Active e Wingdings, e impresso em papel off-white 80g/m^2 na Prol Gráfica.

Direitos exclusivos de publicação em língua portuguesa somente para o Brasil adquiridos pela
EDITORA RECORD LTDA.
Rua Argentina, 171 - Rio de Janeiro, RJ - 20921-380 - Tel.: (21) 2585-2000,
que se reserva a propriedade literária desta tradução.

Impresso no Brasil

ISBN 978-85-01-11096-1
Seja um leitor preferencial Record.
Cadastre-se e receba informações sobre nossos
lançamentos e nossas promoções.
Atendimento e venda direta ao leitor:
mdireto@record.com.br ou (21) 2585-2002.

EDITORA AFILIADA

Sábado, 13 de junho, 16h00 Jardins Reais da Genovia, hora do chá real

◄ NishiGirl

Oi, Olivia! Está tudo bem? Sei que deve ser superestressante se preparar para o casamento da sua irmã, mas estou indo te ver essa semana (!!!) e você não me respondeu nada sobre quantos biquínis devo levar.

A minha mãe está dizendo que 5 é demais. Mas não quero parecer pouco estilosa na Genovia, principalmente no meio de tantos nobres e celebridades.

Realmente espero que você não esteja deixando de me responder porque está zangada comigo ou algo assim. Fiz alguma coisa? OK, bem, me responda logo (se não estiver zangada)!!! ☺ ☺ ☺ Nishi

Ah, não. A minha melhor amiga, Nishi, acha que brigamos ou algo do gênero.

Mas não é por isso que não mando mensagem para ela há tanto tempo. É que simplesmente tenho estado muito, muito ocupada. Não é brincadeira treinar para ser princesa. Mal tenho tido tempo de escrever neste caderno, imagine mandar mensagem?!

É claro que não tem sido exatamente horrível também. Não quero parecer metida nem nada, mas tudo está indo MUITO BEM.

E não só porque eu:

1. Vivo em um castelo que tem um salão do trono, um salão de festas e a sua própria biblioteca particular com mais ou menos 50 mil livros (sem exagero).

2. Tenho um novo guarda-roupa completo e o meu próprio quarto, com laranjeiras do lado de fora da janela, além de um banheiro só meu e um closet tão imenso que cabe um sofá dentro onde posso sentar enquanto a minha *personal stylist*, Francesca, decide o que vou usar (mas somente nos dias que tenho compromissos oficiais. Ela diz que é importante não usar a mesma roupa duas vezes seguidas, porque "o povo pode ficar desapontado").

3. Vivo na Genovia, um pequeno país entre a Itália e a França, na costa do mar Mediterrâneo, com praias de areia branca e um clima agradável o ano inteiro.

Não! Embora essas coisas todas sejam muito incríveis, o motivo por tudo estar indo tão bem é porque finalmente moro com pessoas que *realmente se preocupam comigo*.

Agora, quando desço para tomar café da manhã, o meu pai, Grandmère, a minha irmã Mia e Michael, o noivo dela, me perguntam se eu dormi bem, o que gostaria de comer, o que tenho programado para o dia e coisas assim.

Em Nova Jersey, os meus tios e primos *nunca* me perguntavam nada disso. Jamais se importavam se eu queria cereal, rabanada, panquecas ou waffles nem perguntavam como eu gostava dos ovos. Eles nunca nem me deram escolhas! Só o que havia para o café da manhã na minha antiga casa era aveia. Não porque eram pobres nem nada assim, mas porque aveia tem pouca gordura e muita fibra.

— "A aveia é a vassoura da natureza" — costumava dizer a minha tia.

— Aveia? — repetiu Grandmère quando contei isso a ela. — Aveia é comida de cavalo!

Ha! Sei que isso é verdade porque cavalgar está entre as coisas que aprendo nas minhas lições de princesa. O meu pai inclusive me deu um pônei de presente (eu nunca pude ter animais de estimação na minha casa antiga porque a minha tia não queria que os carpetes ficassem sujos, mas agora tenho um cachorrinho poodle, Bola de Neve, *e* um pônei).

O pônei se chama Lady Christabel de Champaigne, mas eu a chamo de Chrissy para simplificar. Chrissy tem o pelo todo amarronzado, com exceção da crista e do rabo, que são dourados. Quando estou cuidando de Chrissy, pois amo escová-la, ela solta bufadas felizes.

Não estou dizendo que tudo é perfeito, é claro. Nada nunca é perfeito, nem mesmo para uma princesa que tem pessoas que a amam e que vive em um castelo no Mediterrâneo com laranjeiras em frente à janela do quarto.

Agora, por exemplo, Grandmère e Mia estão tendo mais uma das suas ~~brigas~~. (Desculpe... desavenças. Grandmère diz que nobres nunca brigam. Eles têm "desavenças".)

Essa desavença é sobre o casamento real de Mia, que vai acontecer em exatamente uma semana.

— Não, Grandmère — discordou Mia. — Eu já disse: nada de roxo.

— Mas roxo é a cor da realeza, Amelia. E é um casamento *real*.

— É um casamento de *verão* em um palácio à beira da praia. Roxo é muito escuro. Além do mais, os vestidos já foram entregues e eles têm um tom bem claro de bege, como eu havia pedido. Não podemos mudar isso agora.

— Não mesmo, Amelia? — perguntou Grandmère.

— Existe uma coisa chamada *tingimento*, sabia?

— Grandmère — disse Mia. — Os vestidos das minhas madrinhas e damas de honra são bege-claros. E ponto final.

Ih! Mia parece zangada. Mas Grandmère parece bem brava também.

Muitas desavenças como essa têm acontecido, principalmente porque o casamento será mundialmente televisionado. Quinhentas pessoas foram convidadas, incluindo algumas das mais famosas celebridades e membros da realeza. Mal temos espaço para todos os presentes de casamento que já chegaram e estão expostos no Grande Salão.

Tem uns presentes bem legais:

- Um ovo de avestruz de ouro maciço da Austrália;

- Um jogo de chá com 200 peças da China;

- Pratos de prata vindos da Áustria;

- Uma cama de cristal no estilo marroquino para o gato de Mia, Fat Louie, da família real do Qatar;

- E uma doação feita pelo presidente dos Estados Unidos em nome de Mia e Michael para o Médicos Sem Fronteiras!

(Pessoalmente, não acho que doações de caridade sejam presentes muito interessantes, porém foi isso que Mia e Michael pediram.)

Mas vou contar um segredo que quase ninguém sabe e que vem a ser o motivo de ter havido tanta ~~briga~~ desavença no palácio:

Quase nada está pronto.

É verdade! Era de se imaginar que tudo seria organizado sem problemas em um castelo onde diversos eventos oficiais acontecem para centenas de convidados.

Só que não é assim que a banda toca quando se trata de um casamento real para quinhentas pessoas que teve de ser adiantado muitos meses porque a noiva está grávida de gêmeos.

Isso mesmo: eu serei tia! Basicamente passei de família nenhuma para MUITA FAMÍLIA.

Estou bastante animada com isso. Principalmente porque vou ajudar a escolher os nomes, e os que escolhi são:

Nomes de menina	Nomes de menino
Minnie	Cecil
Vivian	Roberto
Genevieve	Julian
Yvette	Steve

Mia e Michael ainda não disseram os nomes de que gostaram (eles nem sabem se os gêmeos são meninas ou meninos).

Mas Michael brinca o tempo todo que, se forem meninos, vai chamá-los de Han e Solo (embora Mia diga que não acha isso nada engraçado e eu concordo com ela. Dar nome a bebês é coisa séria, especialmente quando fazem parte da linha de sucessão do trono).

De todo modo, esse planejamento apressado da festa de casamento significa que, além das centenas de turistas que visitam o palácio diariamente (pois as instalações estão abertas à visitação todos os dias, das 10h às 17h, exceto aos domingos e em feriados nacionais), também temos recebido uma quantidade enorme de:

Floristas, paisagistas, estilistas, decoradores, designers, costureiros, padeiros, músicos, fotógrafos, eletricistas, empreiteiros, restauradores, serviços de bufê e executivos do estúdio de TV; todos correndo e tentando aprontar tudo a tempo para o Grande Dia.

No entanto, como Mia está "hormonal", de acordo com Grandmère — e "estressada", segundo o meu pai —, sempre que alguém pergunta qualquer coisa ligada ao casamento, ela simplesmente responde:

— Escolha o que quiser. Tenho certeza de que vai ficar ótimo.

Em outros momentos — como em relação às cores dos vestidos das madrinhas e damas de honra

—, ela parece *cheia* de opinião. E normalmente é uma situação bem chata porque ela não quer ninguém causando rebuliço.

Mas não tem COMO não causar rebuliço em um CASAMENTO REAL. É justamente por isso que se é uma noiva-princesa!

— É porque a sua irmã é taurina — explicou Grandmère. — Ela é representada pelo touro nos signos astrológicos; touros são muito leais, mas muito teimosos também, o que faz com que sejam líderes excelentes, mas noivas terríveis.

Eu não faço ideia. Sou de Sagitário. E sagitarianos sempre veem o lado bom das coisas.

E o meu pai é "nulo", segundo Grandmère. Não só porque ele é "homem" e "casamentos assustam homens" (embora eu não ache que isso seja verdade para *todos* os homens, considerando que Michael não parece muito assustado), mas porque ele decidiu se aposentar da posição de príncipe para poder ficar mais tempo comigo, visto que ele já perdeu muitos dos meus "anos de formação".

Só que agora ele anda superocupado com a reforma do palácio de verão para que eu possa ir morar lá com ele e o irmão mais novo de Mia, Rocky, e a mãe deles dois, Helen Thermopolis, com quem papai diz que vai se casar assim que as obras terminarem. Assim poderemos deixar "Mia e Michael curtindo a vida de serem pais em paz".

Mas pelo visto a reforma do palácio de verão vai levar muitos e muitos meses, pois a construção tem quase quinhentos anos e o lugar inteiro está afundando devido à fundação estar podre, o que Grandmère diz ser "irônico".

No entanto, isso não me incomoda, na verdade, porque, até que arrumem o lugar, posso continuar morando aqui no castelo principal com Mia, Michael, Grandmère, Fat Louie e os gêmeos, quando eles nascerem!

— Sinceramente, não sei o que a sua irmã faria sem a gente — comentou Grandmère para mim logo pela manhã, enquanto estávamos na estufa cancelando o pedido de pequenas rosas brancas sem graça que Mia tinha feito e as substituindo por írises roxas imensas e muito mais belas. — Agora que o seu pai abdicou do trono, ela está tão ocupada consultando aquela nova primeira-ministra sobre questões importantes do reino, como onde abrigar todos os refugiados dos países vizinhos em guerra e como chamar a nova cepa de laranja genoviana modificada geneticamente, que não tem um minuto para si mesma. Não tenho dúvida de que a sua irmã irá salvar o país, é claro. Mas somos nós que vamos salvar este casamento, Olivia.

— Eu sei — concordei. — Vamos mesmo, né?

— É uma bênção — continuou Grandmère — que estejamos aqui.

Totalmente! Espero que a nova fundação do palácio de verão *nunca* fique pronta!

Então realmente não me sinto mal por escrever no meu diário ou até mesmo por responder Nishi enquanto Mia e Grandmère estão tendo as ~~brigas~~ desavenças delas; afinal, as duas nem estão prestando atenção em mim e sei que é tudo pelo bem de Mia, de todo modo.

É claro que não estou zangada com você! É só que as coisas andam supertumultuadas. Espero que goste de roxo, porque vamos tingir os vestidos das madrinhas e das damas de honra dessa cor.

Acho que cinco biquínis tá bom. Lembre que tem piscina E praia aqui. Além do mais, Grandmère sempre diz que não se pode ter muito de nada, com exceção de inimigos.

E adivinhe só!!! Grandmère disse que nós temos o trabalho mais importante de TODO o casamento, porque a gente vai ter que segurar a cauda do vestido da Mia quando ela entrar na cerimônia. Estou tão animada!!! Mal posso esperar para apresentar você a Chrissy!!! E para todo mundo, é claro.

Sábado, 13 de junho, 17h00 Jardins Reais da Genovia, hora do chá real

Nishi finalmente me respondeu, mas não disse nada do que eu esperava.

< NishiGirl

Estou feliz por saber que está tudo bem e que você não está zangada comigo!

OK, vou levar cinco biquínis então.

Mal posso esperar para ver você!!!!!!

> Vai ser tão legal segurar o vestido da sua irmã! E conhecer o seu pônei.

> Mas não sei como você terá tempo de ficar comigo se vai estar tão ocupada com o início da escola para princesas na segunda-feira.

Escola? Quem falou em escola?

Acho que Nishi deve ter se confundido. Tenho lições de princesa com Grandmère e Mia todos os dias para que eu não passe vergonha (nem envergonhe o restante da família) no casamento ou diante dos paparazzi, que nos seguem sempre que saímos do palácio, tentando tirar uma foto "da noiva-princesa".

Estou tendo uma lição agora mesmo, na verdade, e só por isso posso escrever no meu diário durante a hora do chá real. Todos acham que estou tomando nota... O que meio que estou fazendo também.

Mas lições de princesa não são a mesma coisa que escola *de verdade*.

Ainda são muito importantes, é claro. Ninguém quer uma pessoa idiota e sem boas maneiras representando o país, ainda que seja um país minúsculo como a Genovia (que tem apenas cerca de 3 quilômetros por 6,5 de extensão).

Mas também tenho certeza de que ninguém quer um idiota que não sabe qual é a capital da França como seu representante.

Então talvez Nishi esteja certa.

No entanto, o meu pai tinha dito que precisaria de tempo para me adaptar à vida em um novo país (e a uma nova família) antes de começar a escola. E, embora eu esteja aqui há um mês, não acho que já esteja totalmente adaptada. Ainda nem sei os nomes de todos os meus primos ou mesmo como andar pelo castelo. Esse lugar tem mais quartos do que há dias no mês! Eu sequer estive em todos os cômodos ainda.

Não que eu não considere a educação algo valioso. É importante aprender coisas como matemática e geografia também, além de saber fazer uma reverência e beber no tipo de copo correto. Havia *tantos* copos na mesa do Grande Salão durante o jantar chique que fui ontem à noite, quando homenagearam todos os convidados do exterior que começaram a chegar para o casamento, que eu mal consegui identificar qual copo de água era o meu e qual era o do homem imenso que estava ao meu lado. Até que Mia me deu uma cutucada por baixo da mesa.

— Olivia — sussurrou ela. — Faça assim. — Ela fez círculos com os indicadores e polegares e os posicionou à frente, fazendo as letras P e B. — O prato de pão à esquerda, P, é o seu, assim como os copos à sua direita, B de bebidas. Entendeu?

Entendi, mas um pouco tarde demais. Eu vinha bebendo do copo de água do homem imenso desde o início do jantar!

E ele também! *Estávamos bebendo do mesmo copo.*

Ser princesa é *muito mais* complicado do que eu pensava.

Então, devido ao constrangimento que já estou causando, talvez a minha família queira mesmo que eu vá para alguma escola, aprender a ser melhor enquanto integrante da realeza...

Mas não sei. Neste momento, faltando uma semana para o casamento e com Grandmère precisando tanto de mim?! Acho que alguém teria mencionado algo assim.

Normalmente não tenho permissão para olhar o meu telefone durante as refeições — principalmente na hora do chá real! —, porque Grandmère diz que é *extremamente indelicado* não dar atenção total a quem está sentado a sua frente (ou ao seu lado).

— Sem você saber, Olivia — comentou Grandmère como sempre —, a pessoa pode ser líder de um país muito, *muito* maior que o seu.

— Ou — acrescentou Mia — ela pode ser apenas muito legal e você não quer ser a pessoa babaca que fica prestando atenção no telefone em vez de dar atenção a quem está sentado perto de você.

Mas, como isso parece ser muito importante e Grandmère e Mia continuam a ~~briga~~ desavença sobre a cor dos vestidos das madrinhas e damas de honra, imaginei que nem perceberiam se eu respondesse Nishi rapidamente. Então escrevi:

OlivGrace ➤

> Do que você está falando? Quem disse que começo a escola na segunda-feira? E, se estiver se referindo à Academia Real da Genovia, não é uma "escola para princesas", é uma escola comum. Meninos frequentem a Academia também.

> Responda logo!

Mas já se passaram quase dez minutos e não tive resposta alguma.

O que faz com que eu me lembre... estamos em junho. Ninguém *começa* a estudar em junho. É quando as escolas entram em férias de verão! Nishi entrou de férias na semana passada!

Então ela deve estar enganada. Por que eu começaria a escola agora, bem quando tudo está megatumultuado por conta do planejamento do casamento? Isso seria simplesmente... LOUCO!!!!!!

Sábado, 13 de junho, 17h50 Jardins Reais da Genovia, hora do chá real

FLAGRADA.

Nishi me respondeu exatamente enquanto eu escrevia tudo aquilo, mas Grandmère ouviu o bipe e ficou zangada.

— Princesas não mandam mensagem na hora do chá! — gritou ela, me dando um susto tão grande que deixei o telefone cair no vaso de hortênsia perto de mim. Felizmente, quando consegui pescá-lo, descobri que a tela nem tinha quebrado; bom, não mais do que já estava porque o deixei cair alguns dias atrás próximo à piscina. Então, tudo bem.

Daí Rommel, o poodle sem pelos de Grandmère, começou a latir, e ela teve que o distrair com um sanduíche de presunto, embora eu já tenha explicado várias vezes que o pelo de Rommel caiu por isso, pois cachorros não podem comer comida de gente.

Isso causou distração suficiente na discussão que ela e Mia estavam tendo para que eu pudesse perguntar:

— É verdade que tenho que ir à escola na segunda-feira?

— Escola? — Grandmère levantou as sobrancelhas, desenhadas com maquiagem, de um jeito dramático. — Imagine. Quem disse alguma coisa sobre escola? Estamos ocupadas demais com o casamento da sua irmã agora para nos preocuparmos com algo como *escola*.

— Grandmère — retrucou Mia, séria. — Ir à escola é importante. A falta de ensino escolar limita as oportunidades e perspectivas, principalmente para as mulheres... até mesmo para as princesas.

— Foi por isso que Nishi acabou de mandar *essa* mensagem? — perguntei, mostrando a elas o meu telefone (depois de tirar a terra da tela).

> É que tinha uma manchete no RankingdaRealeza.com que dizia: Sua Alteza, Olivia Grace da Genovia, vai se juntar aos demais alunos da nobreza na Academia Real da Genovia segunda-feira para o seu primeiro dia de aula.

— Pfff! — exclamou Grandmère depois de ler o texto. *Pfff* é o som que ela faz quando está verdadeiramente aborrecida. — É *isso* que chamam de notícias nos Estados Unidos? Qual o problema dos jornalistas de lá? Será que eles não têm mais nada com o que se preocupar além de nós, da realeza? Não tem nenhum casal de celebridades se separando no momento?

— Grandmère, *por favor* — pediu Mia, com firmeza.

— Mas como isso pode estar acontecendo? — perguntei. — Como os repórteres podem saber disso se *eu* não sei? Não é verdade, é? Ninguém falou nada *comigo* sobre começar a escola na segunda-feira.

— Ai, nossa — lamentou Mia, parecendo um pouco indisposta. De acordo com Nishi, que passa muito tempo na internet, isso é normal quando se está grávida de gêmeos e sofrendo com mil hormônios. Só espero nunca ficar tão mal quanto Mia, porque os hormônios dela a fazem ter que ir correndo ao toucador real *muitas vezes*.

— Receio que *seja* verdade, Olivia. Com tudo que está acontecendo por causa do casamento, eu me esqueci totalmente.

— *Do que* você se esqueceu? — Eu podia me sentir começando a entrar em pânico.

— Recebemos uma carta da Madame Alain, diretora da Academia Real da Genovia, aqui no palácio mês passado. A carta dizia que, se você não estivesse em sala de aula na segunda-feira de manhã, seria considerada faltante e poderia ser expulsa... *permanentemente*.

O QUÊÊÊ???

— Como essa mulher ousa? — gritou Grandmère.

— Ela não tem essa autoridade. Por acaso não sabe quem *nós* somos?

— Sim, é claro que sabe, Grandmère — respondeu Mia. — E a Madame Alain tem razão. Ela diz que estamos dando um mau exemplo para o restante da população ao manter Olivia fora da escola... A não ser que estivéssemos dando aulas para ela em casa, o que obviamente não estamos fazendo.

— O que quer dizer com isso? — Grandmère parecia zangada. — Olivia tem aprendido lições valiosas de *vida* passando tempo comigo.

— É verdade! — concordei. — Não tenho me saído bem no meu treinamento de princesa? — Engasguei ao me lembrar do jantar da noite anterior. — Isso é por causa do copo de água?

— É claro que não! — exclamou Mia. — Você está indo muito bem, Olivia. Mas lições de vida não são o mesmo que as acadêmicas, e papai, Grandmère e eu simplesmente não temos tempo, ou conhecimento, para ensinar *tudo* o que você precisa saber para se tornar uma cidadã genoviana plena.

Grandmère bufou delicadamente.

— Isso é o que você acha, Amelia.

Mia lançou um olhar de pesar para ela.

— Certamente podemos dar lições sobre conduta e diplomacia. Mas quis dizer coisas como matemática, literatura e ciências. E, embora eu saiba que provavelmente não é o momento ideal, talvez não seja a pior coisa do mundo voltar à escola na segunda-feira. As coisas aqui no palácio estão um pouco... bem, *agitadas*, com todos os convidados, equipes de televisão e repórteres chegando.

Agora *eu* estava me sentindo um pouco indisposta. E não era por ter comido muito bolo durante o chá (embora eu tenha comido bastante até).

— *Agitadas?* — repeti. — Acho que você quer dizer divertidas!

De repente ouvimos um ruído alto, PÁ, seguido por um POW.

Tinha vindo do arco e flecha que Grandmère roubara do meio-irmão de Mia, Rocky.

— Argh! — resmungou Grandmère, abaixando o arco. — Errei de novo.

— Grandmère, *por favor*. — Mia pôs a cabeça entre as mãos. — *Por favor*, pare de atirar flechas nos drones.

Uma coisa que ninguém conta sobre ser da realeza (além do fato de ter uma mulher malvada que vai obrigar você a ir à escola real) é que os paparazzi não medirão esforços para tirar uma foto sua — até drones voadores com câmeras são lançados pelos muros do palácio. Eles tentam fazer isso *o tempo todo*, embora seja contra a lei.

E é até divertido acertar os drones com gravetos (ou toalhas, se você estiver na piscina).

Mas Grandmère curte atirar neles com o arco e flecha de Rocky. Ela diz que gosta do exercício e que é importante manter a coordenação entre olho e mão.

— Já disse — informou Mia a ela. — A Guarda Real da Genovia vai cuidar dos drones. Não podemos deixar que você mesma atire neles. Vai acabar machucando alguém... tipo, os meus amigos, se algum dia eles voltarem do shopping.

— Ah, mas eu não estava atirando nos drones — explicou ela, como se não fosse nada. — Estava atirando em outra daquelas criaturas odiosas.

Mia levantou a cabeça rapidamente.

— Grandmère! *Não*!

— Bem, o que mais eu posso fazer, Amelia? Estão simplesmente destruindo os meus hibiscos, e quero que o jardim esteja bonito para o casamento.

Eu amo animais — quero ser ilustradora da vida selvagem um dia (se eu puder fazer isso nas horas vagas do meu trabalho como princesa).

Mas iguanas — que Grandmère chama de "criaturas odiosas" — não são bichos muito fofos. Tem uma de um tom verde bem vivo que é meio fofa e que gosta de ficar perto da laranjeira sob a janela do meu quarto. Como é só um filhote, e iguanas não comem frutas cítricas, eu não ligo muito que ele fique lá. Até dei o nome de Carlos para esse filhote.

Mas as iguanas adultas que vagueiam pelos Jardins Reais da Genovia são maiores que Bola de Neve! Elas têm garras bem compridas e espinhos saindo das costas, além disso fazem cocô de vez em quando perto da piscina ou até mesmo *dentro dela*, o que não é apenas nojento, mas insalubre e uma falta de educação.

Ainda assim, não acho que Grandmère deveria atirar nelas, principalmente com flechas reais em vez das flechas com ponta de borracha que Rocky usava para acertar os bustos na Ala dos Retratos (e foi assim que a mãe dele lhe tomou o arco, na verdade).

Felizmente para as iguanas — principalmente para Carlos — Grandmère tem uma péssima mira.

Então essa flecha específica saiu voando inofensivamente e acertou o estofado listrado de azul e branco de uma das cadeiras da piscina em vez de acertar uma iguana.

Mas não sem quase acertar um dos empregados na perna.

— Peço desculpas, André — disse Grandmère quando ele devolveu a flecha.

— Eu compreendo muito bem, Vossa Alteza — respondeu André, com uma reverência.

— Também acho esses bichos um tanto irritantes.

— Não é culpa das iguanas. — Achei que eu deveria lembrar a elas. — Papai diz que elas nem são daqui. Alguém deve ter deixado duas escaparem da gaiola e de algum modo elas acabaram aqui nos Jardins Reais da Genovia, onde tiveram bebês, aí os bebês tiveram bebês e os bebês tiveram mais bebês, e agora são centenas de iguanas por todo lado, tendo ainda mais filhotes.

— Sim! — gritou Grandmère. — E comendo todos os meus hibiscos!

— Elas são herbívoras, Grandmère — comentou Mia. — Flores são só o que iguanas comem. E se a Genovia pode abrigar tantos refugiados, certamente consegue arrumar um espaço para iguanas também.

— Os refugiados não usam a minha piscina como banheiro, Amelia — argumentou Grandmère. — E não podemos ter lagartos caindo das árvores em cima da cabeça das pessoas durante a recepção do casamento. Todos irão pensar que entraram no set de *Jurassic Park*.

— Mas você também não pode sair por aí atirando nelas com um arco e flecha — retrucou Mia.

— Alguém vai se machucar de verdade. É isso que você quer, Grandmère?

— Depende de quem eu tiver machucado — respondeu ela, de forma pensativa.

— Tenho uma ideia — falei, antes que a minha irmã pudesse ficar ainda mais zangada. — Por que não fico por aqui e ajudo Grandmère com as iguanas? É uma ideia bem melhor do que me mandar para a escola real. Eu tenho aprendido muito mais coisas observando vocês duas do que aprenderia no colégio, de todo modo. Olhe, posso provar... Tenho anotado tudo que vocês têm me ensinado.

Abri o meu caderno e li em voz alta para que as duas soubessem que eu vinha prestando atenção:

- Membros da realeza nunca mascam chiclete em público porque isso faz com que se pareçam com vacas ruminando;

- Membros da realeza não deixam que os seus cachorrinhos poodle cavem (ou enterrem coisas que trouxeram da cozinha) nos canteiros de flores exóticos dos Jardins Reais da Genovia, principalmente considerando como sobraram poucas flores exóticas — graças às iguanas;

- Membros da realeza não jogam coisas do alto da Grande Escadaria Real no quarto andar em direção à entrada do Grande Salão, lá embaixo, para fazer "experiências" e descobrir se as coisas irão quicar, porque o chão da entrada é feito de mármore Carrara e é muito caro;

- Membros da realeza não colocam sete torrões de açúcar no café. Três é o bastante;

- Membros da realeza nunca cospem comida de volta no prato só porque não gostaram dela. Eles engolem o que estiver na boca, depois baixam os talheres e aguardam, quietos. Quando perguntados sobre o motivo de não estarem comendo, em vez de responderem que não gostaram da comida (o que é um insulto ao chef), devem dizer que estão "deixando espaço para o próximo prato", pois ouviram comentários que era ainda mais delicioso. Se também não gostarem do prato seguinte, devem repetir o conselho acima até o fim da refeição, quando devem agradecer educadamente ao anfitrião antes de irem para casa comer um sanduíche;

° Membros da realeza não escorregam pela Ala dos Retratos de meias durante o horário de visitação pública;

° Membros da realeza enviam bilhetes de agradecimento imediatamente nem escritos de próprio punho;

° Membros da realeza tem permissão para retocar o gloss à mesa e podem até usar protetor labial, mas nunca devem "refazer as tranças" à mesa, mesmo que a trança esteja "incomodando". É preciso se retirar e ir até o banheiro para tal;

° Membros da realeza agem de forma confiante o tempo todo, mesmo quando não se sentem assim nem um pouquinho.

Mia sorriu para mim com gentileza.

— Isso é muito bom, Olivia. E entendo que se sinta insegura de começar em uma nova escola. Mas tenho certeza de que vai gostar da ARG, além de aprender muito mais lá do que aprenderia ficando aqui. Fora todas as matérias regulares, eles têm aulas de artes, esgrima, defesa pessoal e teatro, e até aulas de equitação. Não apenas dança e etiqueta, como costumava ser.

— Ah — disse Grandmère, com uma expressão distante no olhar —, dança e etiqueta. Como me lembro bem dos meus dias na ARG! O meu parceiro de dança era o príncipe Wilhelm da Prússia. Era um rapaz tão bem-apessoado, mas infelizmente sem a menor coordenação. Foram meses até que eu sentisse meus dedos dos pés novamente.

Mia franziu a testa para Grandmère.

— Isso não vai acontecer, Olivia. A ARG é diferente agora. Oferece educação de primeira qualidade para jovens da realeza. Então, Olivia, por diversos motivos, mas principalmente porque vou me sentir muito mais tranquila com relação à sua segurança esta semana se eu souber onde você está, receio que terá de acrescentar mais uma coisa à lista: membros da realeza frequentam a escola porque entendem que educação é a chave para ter sucesso na vida.

Eu não conseguia acreditar naquilo, mas também não queria que achassem que eu não estava cooperando. Afinal, ela é a noiva e eu sou apenas uma das damas de honra, embora a única diferença nesse casamento entre as madrinhas e as damas de honra é que as madrinhas têm idade para dirigir.

— E — continuou a minha irmã — é apenas por uma semana. As férias na escola começam na sexta-feira.

Então concordei que iria. Afinal, me pareceu ser a coisa mais gentil a se fazer, principalmente se considerarmos que as madrinhas e as damas devem apoiar *emocionalmente* a noiva, mesmo que ela queira uma coisa total e completamente *idiota*.

Acho que Mia deve ter notado que eu estava pensando algo assim, porque ela disse:

— Prometo que não vai ser tão ruim, Olivia. E não estará sozinha. Rocky irá com você para a ARG. A Madame Alain mandou uma carta para ele também.

Se isso deveria fazer com que eu me sentisse melhor, não funcionou.

Tecnicamente, Rocky e eu temos muito em comum, então era de se esperar que nos déssemos bem.

- Mia é a irmã mais velha dele também;

- Ele teve de se mudar para a Genovia há pouco tempo;

- O pai dele morreu, assim como a minha mãe (bem, não exatamente do mesmo modo, mas somos os dois órfãos);

- A mãe dele, Helen Thermopolis, e o meu pai vão se casar um
  dia (depois que as fundações
  do palácio forem consertadas).

Mas temos muito mais coisas que nos afastam:

- Ele não está na linha de sucessão do trono,
  então nunca precisará frequentar a hora do
  chá real ou os jantares oficiais;

- Ele tem 9 anos e às vezes realmente age como
  se tivesse essa idade, se é que você sabe o que
  quero dizer;

- Ele ama iguanas e passa horas do dia pensando em um modo de pegá-las (mas até
  agora não conseguiu porque elas
  são muito rápidas quando querem);

- Ele só fala sobre dinossauros,
  gases e viagens espaciais. Nesta
  ordem.

Para piorar, ele vai ser o pajem no casamento de Mia e levará as alianças. Diferentemente da dama de honra, o pajem tem somente uma função: levar os anéis até o altar.

Sobre isso, posso dizer apenas que: se essas alianças conseguirem chegar ao altar e aos dedos de Mia e Michael, será um milagre.

De quem foi a ideia de escorregar pela Ala dos Retratos de meias? Rocky.

De quem foi a ideia de fazer um "experimento" e jogar todas aquelas coisas do quarto andar? Rocky.

Mas Rocky ficou encrencado por fazer essas coisas? Não, porque eu estava lá também e levei a culpa.

Sei que eu deveria ter sido a pessoa madura e ter dito: "Não. Pare. Não vamos fazer isso. É desrespeitoso e errado."

Só que fazer aquilo era um *pouquinho* divertido (e, além disso, Grandmère ama Rocky quase tanto quanto me ama e ela acha "as travessuras de menino dele" hilárias).

Ainda assim, ficar sabendo que Rocky vai frequentar a mesma escola que eu não está tornando nada melhor. Afinal, provavelmente só vai significar mais encrenca para mim.

De repente, embora eu não achasse que seria possível, as coisas ficaram ainda piores!

— Ah, e a sua prima Luisa — completou Mia, alegremente. — Ela também estuda na ARG, Olivia. Você a conheceu durante a prova dos vestidos de madrinha no mês passado, se lembra?

Se me lembro? Como poderia me esquecer? Principalmente porque a minha prima — de terceiro ou quarto grau —, a Lady Luisa Ferrari, tem a minha idade, mas tem aparência e fala e age como se estivesse no ensino médio.

Imagino que seja porque a Lady Luisa vem do lado italiano da família. Italianos são muito sofisticados. Em vez de dizerem "oi" ou "adeus", dizem *ciao*.

É claro que só descobri que *ciao* era pronunciado como "tiau" e não "cião", como se escreve, *depois* que falei errado na frente de Luisa.

Não acho que tenha sido muito educado da parte dela rir tanto do meu erro. A gente deveria fazer com que os recém-chegados se sintam bem-vindos no nosso país em vez de rir deles, mesmo quando dizem ou fazem coisas idiotas porque não estão familiarizados com a língua ou com a cultura. Essa é uma das muitas coisas que aprendi durante as minhas lições de princesa (mas, na verdade, eu já sabia, porque não sou mal-educada a ponto de rir dos erros dos outros, diferentemente de *algumas* pessoas que eu poderia mencionar aqui).

— Pelo modo como estavam rindo, vocês duas pareciam estar se dando superbem no dia da prova de vestido — continuou Mia.

— Ha — disse eu, baixinho. — Sim, claro, estávamos.

Como a minha irmã não tinha percebido que Luisa era a única rindo? E que estava rindo *de mim*?

E que, depois de parar com as gargalhadas por eu ter pronunciado *ciao* do jeito errado (o que não foi culpa minha), tudo o que fez pelo restante do dia na cabine de provas foi falar sem parar sobre *outro* primo distante nosso, Khalil, que vai ser um dos padrinhos do casamento.

Padrinhos são como madrinhas, só que meninos. Durante o casamento, Michael será coroado como príncipe consorte de Mia, então o número de padrinhos e madrinhas tem que ser o mesmo; tudo tem que parecer bem grandioso. Mas, aparentemente, Michael não tem tantos parentes homens, por isso Mia vai emprestar alguns dos nossos.

É claro que Khalil é príncipe de algum país do qual nunca ouvi falar. Acho que nem existe mais devido a uma das guerras que está fazendo com que os refugiados venham procurar abrigo na Genovia. É por isso que ele é um estudante interno na ARG e por que os pais dele agora vivem em Paris, na França.

Juro que fui de praticamente nenhuma família para mais primos do que consigo contar (todos de terceiro ou quarto grau, então nem parece que somos parentes, mas ainda assim)!

E todos fazem parte da realeza de algum modo.

— O príncipe Khalil é o menino mais bonitinho da ARG — comentara

Luisa, falando sem parar. — Ele também é o mais alto e tem o cabelo mais grosso, castanho e encaracolado que você já viu. Então faremos um belo par quando dançarmos no baile depois do casamento real.

— Ah, o príncipe *Khalil* — suspirou Marguerite, outra prima minha, com conhecimento. (Marguerite preferia ser chamada de Meg, mas Grandmère diz que apelidos não são permitidos quando se é parte da realeza.) Ela pronunciava Ku-*liiil* com bastante ênfase na sílaba final, *liiil*. — Ele é fofo mesmo.

— Mas quer ser herpetólogo — dissera outra prima, Victorine. — Isso não é nada fofo.

— Argh, sim! — tinha respondido Luisa, com um tremelique. — Mas em breve vou curá-lo *disso*.

Não sei o que é um herpetólogo, mas concordo que não soa muito fofo. Ainda assim, o fato de Luisa querer curá-lo disso faz com que eu sinta um pouco de pena do príncipe Khalil.

— Ah, sim — afirmara Marguerite. — A minha mãe diz que, quando um menino se apaixona, ele passa a fazer qualquer coisa que você queira.

— Sim — concordara Luisa. — Então, assim que eu e o príncipe começarmos a namorar, ele vai fazer tudo que eu disser, incluindo desistir de ser herpetólogo, além de dançar comigo *todas* as músicas da festa de casamento sob o luar ao lado do chafariz dos Jardins Reais da Genovia. Vai ser tão romântico!

Precisei me esforçar muito para não rir alto quando ela dissera aquilo. Nada do que Luisa tinha descrito me parecia romântico... principalmente a parte sobre dançar com um menino ao lado do chafariz dos Jardins Reais da Genovia!

É claro que Luisa não sabe quantas iguanas existem aqui. Uma delas certamente vai cair de uma palmeira bem na cabeça deles.

Só espero estar presente quando isso acontecer.

— Luisa Ferrari se acha demais — comentou Grandmère agora, enfiando um bolinho na boca. — Igualzinha à avó dela. Sabia que a avó dela, a baronesa Bianca Ferrari, teve a petulância de sugerir para mim que *Luisa* deveria carregar a cauda do seu vestido no casamento, Mia? Ela acha que Olivia ainda não tem muita experiência como membro da realeza para fazê-lo e que pode constranger a família em transmissão internacional.

O quê? Quase engasguei com o meu bolinho quando ouvi isso. O quão difícil pode ser carregar *a cauda de um vestido de noiva*? É só um vestido, pelo amor de Deus.

Além disso, tenho tido muita experiência em frente às câmeras! Venho treinando sorrir-e-acenar há semanas.

— Grandmère — disse Mia, com um tom de alerta na voz, possivelmente por ter notado a minha expressão mais uma vez.

— É claro — continuou Grandmère — que Luisa provavelmente *teria* carregado a cauda do vestido se não tivéssemos encontrado Olivia. O fato de Luisa ainda ser dama de honra deveria ser suficiente para a avó dela. Acredita que a mulher teve o desplante de me pedir *dez* convites extras para a festa, Amelia? Não tenho nem ideia de como vamos conseguir acomodar todos os *nossos* convidados, imagine só ter que pensar também na ralé que Bianca Ferrari acha que pode...

— Grandmère! — Mia deve ter percebido que eu parecia meio assustada, pois perguntou: — Você está bem Olivia? Não está preocupada com começar a escola nova, está?

Hmm, sim! E consigo pensar em milhões de motivos — sem contar Luisa! — para estar preocupada.

Na minha última escola, em Nova Jersey, uma menina realmente me odiava simplesmente porque eu tinha nascido.

Bem, nascido princesa. Mas ainda assim!

E agora querem que eu vá para uma escola repleta de meninas (e meninos) que foram nobres a vida inteira e tiveram anos de treinamento nisso, enquanto eu só estou nessa vida há algumas semanas?

Sou uma pessoa bem segura, e Nishi concordaria comigo. Ela diz que sou uma otimista (e não só porque sou de Sagitário, mas porque uma vez fizemos um teste na internet na casa dela que confirmou isso). Eu realmente não permito que as coisas me deixem para baixo por muito tempo.

Mas é meio difícil se sentir otimista a respeito desta nova escola — principalmente sabendo que a

Lady Luisa também estará por lá. Para falar a verdade, acho que tem mais chances de eu ser um desastre maior lá do que na minha escola antiga! Pessoas como eu, que gostam mais de desenhar do que de esportes, videogames, moda ou dança, normalmente não são lá muito populares onde quer que estejamos.

E princesas que acabaram de descobrir que são princesas e que também gostam de desenhar?

Bom, não tenho certeza, mas há uma chance de eu ser a primeira pessoa da minha família a ser reprovada na Academia Real da Genovia.

Mas tudo que disse em resposta ao comentário de Mia foi:

— Não, tenho certeza de que tudo vai ser ótimo!

Porque tem uma última coisa que membros da realeza devem fazer:

- Projetar uma atitude positiva.

Embora eu não esteja me sentindo nada positiva neste momento, seja em relação à escola, ao casamento ou a qualquer coisa, na verdade.

Domingo, 14 de junho, 11h00, o meu quarto no palácio genoviano

Amanhã é o meu primeiro dia na Academia Real da Genovia — ou, como Nishi *ainda* insiste em chamar, "escola para princesas" — e não consigo dormir.

E não é porque Nishi não para de me mandar mensagens, querendo saber:

- O que eu vou usar (não tenho opção: uniforme);

- Como vou arrumar o cabelo (uma faixa);

- Se ela precisa trazer um secador de cabelos (não: todos os quartos do palácio têm a sua própria suíte, o que significa que cada um tem um banheiro com secador e, é claro, com sabonetinhos e xampu e condicionador feitos com essência de verdade das flores de laranjeira genovianas).

Depois de responder zilhões de perguntas dela, finalmente desliguei o celular.

(TENHO que fazer com que ela entenda que o fuso horário aqui é outro. A Genovia está seis horas na frente dos Estados Unidos. Mas acho que ela só vai compreender isso realmente quando chegar aqui.)

No jantar, Grandmère disse:

— Não se esqueça, Olivia, de que esta noite você precisa muito do seu sono da beleza. Toda mulher precisa dormir pelo menos oito horas por noite para que acorde regenerada de manhã e pronta para aproveitar o dia!

Só que não estou conseguindo ter sono de *nenhum tipo*! Nem da beleza nem normal.

O que é ridículo porque estou deitada em uma cama de dossel, sob um teto pintado de modo a parecer um céu estrelado e com Bola de Neve aninhada em mim.

E tem uma bandeja na mesinha de cabeceira ao meu lado que tinha leite quente e biscoitos enviados da cozinha real para me ajudar a adormecer. Eu comi todos eles!

Então por que não consigo dormir?

Talvez seja o que o meu pai disse quando veio me desejar boa noite e eu perguntei — baixinho, para que Grandmère e Mia não ouvissem — se ele achava que eu faria algum amigo na escola no dia seguinte.

— É claro! — respondeu ele, parecendo surpreso.

— O seu problema não vai ser não fazer amigo *algum*, Olivia, mas fazer amigos *de mais*. Você terá tantos amigos novos que não seremos capazes de acomodar todos aqui no palácio!

Eu ri porque era uma piada, é claro. A capacidade máxima do salão é de quinhentas pessoas (eu sei porque tem uma plaquinha dourada na parede que diz isso, conforme solicitado pelo código dos bombeiros da Genovia, e também porque é o número de convidados para o casamento).

Mas também era uma piada porque apenas 120 alunos frequentam a Academia Real da Genovia (do jardim de infância ao ensino médio). E também porque ninguém pode *possivelmente* ter quinhentos amigos na vida real...

A não ser, é claro, que esse alguém seja uma princesa. Mia havia me alertado sobre isso no jantar.

— Só para você saber... é possível que na escola nova *algumas* pessoas queiram ser suas amigas por causa do seu status de celebridade — explicou ela durante o jantar com o tema "volta às aulas" incrivelmente delicioso que os cozinheiros haviam preparado

para mim (com todos os meus pratos favoritos): mini-
-hambúrgueres, batata frita, camarão com coco, macarrão com queijo e sundae de sobremesa.

(Grandmère pediu que o chef Bernard entregas-
se a sua carta de demissão quando viu aquilo tudo,
porque, segundo ela, não havia um único item verde na mesa. Mas então ele lhe trouxe uma salada
niçoise e ela o perdoou.)

— Apenas tenha cuidado e ande com quem gosta
de você por quem *você* é, e não porque é uma princesa que pode conseguir milhares de curtidas nas redes
sociais deles, ou convites de última hora para o meu
casamento, ou algo assim — comentou a minha irmã.

Eu devo ter feito uma expressão assustada, porque ela rapidamente emendou:

— Não que isso vá acontecer com você! É só
que... bom, meio que já aconteceu comigo.

É provável que esse conselho esteja contribuin-
do para a minha incapacidade de dormir.

Nem mesmo Grandmère conseguiu me consolar
tão bem como costuma fazer quando veio me desejar boa noite.

— Pedi que o carro blindado levasse você para a aula amanhã, Olivia. Ele estará pronto às oito da manhã. Não se atrase, porque vou precisar que ele retorne ao palácio depois de deixar você para me levar a uma loja esportiva em Cap-d'Ail. Supostamente eles têm um rifle de ar comprimido que é maravilhoso para o controle de pestes.

Imediatamente eu levantei e sentei na cama. Carlos!

— Grandmère, não! *Por favor*, não atire nas iguanas. Tenho certeza de que podemos pensar em outro jeito para nos livrarmos delas.

— Atirar nas iguanas? — Ela olhou para o seu reflexo no espelho de moldura dourada da penteadeira para ajeitar a tiara. — Não faço ideia do que quer dizer com isso. Só quero assustá-las para irem ao jardim de outra pessoa... O de Bianca Ferrari, talvez. Se existe alguém que merece ter iguanas na piscina, esse alguém é ela.

— Grandmère, *não*. E por que não posso ir andando para a escola? A ARG fica na esquina do palácio.

— Uma princesa andando até a escola? — Grandmère bufou. — De jeito nenhum. Você vai na Mercedes blindada com a sua guarda-costas, Serena.

— Por quê? — perguntei, curiosa.

— Quando se torna uma pessoa pública e conhecida, sempre tem alguém querendo sequestrar você. É prudente não facilitar e dar a oportunidade a eles.

Ao ouvir isso, a minha irmã (que estava passando pelo corredor naquele instante) engasgou e disse:

— Sério, Grandmère? Você vai assustá-la.

— Não estou assustada — falei. — Serena, a minha guarda-costas, tem me dado aulas de defesa pessoal.

— Ainda assim. — Mia parecia muito séria. — Não é um assunto apropriado para se discutir na hora de dormir.

— Pfff — soltou Grandmère. — Ninguém é sequestrado na Genovia há anos, o que é uma pena, pois posso pensar em algumas pessoas das quais eu gostaria de me livrar, principalmente essa semana. Bianca Ferrari é um nome que me vem à mente.

Mia franziu a testa.

— Diga *boa-noite* para Olivia, Grandmère.

— Boa noite, Olivia — disse ela, então seguiu para o seu quarto, provavelmente para procurar outros modos de se livrar das iguanas.

É difícil dormir na noite anterior ao primeiro dia de aula em uma nova escola... principalmente em uma escola onde todos fazem parte da realeza.

Mas acho que não tenho escolha além de acreditar no meu pai quando ele diz que farei tantos amigos que não vamos conseguir receber todos eles aqui no palácio. Por que seria diferente? Ele nunca mentiu para mim...

Bom, a não ser ao esconder por toda a minha vida até bem recentemente que ele era o príncipe de um país estrangeiro.

Mas não tinha sido bem uma mentira, porque a minha mãe tinha pedido a ele que não me contasse, pela minha segurança. E acabou ficando tudo bem no fim das contas.

Por enquanto, pelo menos.

Segunda-feira, 15 de junho, 11h25, Academia Real da Genovia

OK, então está sendo difícil projetar uma atitude positiva. As coisas não estão indo nada bem na nova escola.

E só faz três horas que estou aqui!

Mas não vou mandar uma mensagem para a minha guarda-costas Serena vir me buscar (ela está jogando cartas no pátio lá fora com todos os outros motoristas e guarda-costas), porque aí os paparazzi zombarão de mim por ter desistido.

Percebi imediatamente que as coisas nessa escola não iam ser boas quando eu entrei com Mia e vimos a Madame Alain — diretora da escola — parada em frente à sala dela, esperando por nós...

... com a minha prima, a Lady Luisa!

É claro que a Lady Luisa estava *incrível* de uniforme — mas pelo menos esse é melhor do que o da minha antiga escola, afinal é azul e branco, e não xadrez e branco, e as meninas podem usar shorts se quiserem (como eu, porque quem não gostaria de vir de shorts quando se está numa escola em frente à praia?).

Ainda assim, é um uniforme, portanto não é exatamente estiloso.

Mas quem realmente fica estiloso de uniforme?

A minha prima Luisa, ela fica!

Obviamente ela optou por usar saia em vez de shorts e a deixou o mais curta possível, embora ainda respeitando o código de vestimenta da escola.

— Bem-vinda, princesa Olivia — cumprimentou Madame Alain depois que a banda terminou de tocar o hino nacional da Genovia.

É isso mesmo. A banda inteira da escola estava lá para me receber! Eles começaram a tocar o hino da Genovia assim que entrei no colégio.

Isso foi totalmente constrangedor, por mais que aconteça basicamente aonde quer que eu vá hoje em dia.

Mas não esperava que fosse acontecer na minha nova *escola*.

— Estamos tão felizes por finalmente ter você aqui.

De algum modo, a Madame Alain disse a palavra *finalmente* como se eu tivesse passado as últimas semanas descansado à beira da piscina sem fazer nada, o que estava longe de ser verdade!

Até ficava à beira da piscina, mas enquanto lia com a minha irmã livros que eu tinha pegado na biblioteca do palácio.

E quando não estava fazendo isso, estava me ocupando com outras coisas de relevância nacional, como visitar crianças doentes no hospital da Genovia, ou ajudando a escolher os arranjos florais para as mesas do banquete de noivado e da festa de casamento. É muito difícil encontrar flores roxas que não pareçam muito pequenas em mesas para cinquenta pessoas (e até agora são pelo menos dez destas mesas).

Mas eu agradeci, porque é isso que princesas devem fazer.

Então Madame Alain fez uma reverência e disse:

— É uma honra para a Academia Real da Genovia recebê-la. Como pode ver, aqui treinamos jovens da realeza do mundo inteiro. — Ela levantou uma das mãos para me mostrar todos os porta-retratos com membros da realeza que haviam se formado na ARG. Cada um deles tinha uma coroa e um sorriso no rosto. — Todos podem representar as suas nações soberanas com orgulho por causa da excelente educação que receberam aqui. Alguns dos nossos alunos vêm de reinos tão distantes que precisam morar conosco. Enquanto outros, como você, princesa, têm a família por perto e só estudam aqui durante o dia.

— Ah — falei, observando todos os retratos. Alguns estavam tão desbotados devido ao sol da Genovia que entrava pelas janelas que eu mal conseguia identificar se eram mulheres ou homens. Isso mostra o quanto as fotos eram velhas. — Legal.

— Madame Alain — disse Mia, num tom de voz meio falso. Ela parecia tão animada por estar ali quanto eu. Acho que a minha irmã conhece a Madame Alain de algum lugar, mas não sei de onde. — Muito obrigada por aceitar Olivia tão tardiamente no semestre. Tenho certeza de que ela deixará a madame muito orgulhosa, assim como deixou a todos nós.

Ah, não! Era pressão demais. Eu podia ver Luisa olhando para mim com um risinho de superioridade nos lábios. Não podia acreditar que a parente da minha idade no colégio era logo *ela*, com as suas pernas altas, unhas longas e cabelos loiros compridos e sedosos.

— Estou certa de que a princesa Olivia vai se sair maravilhosamente bem aqui na ARG — continuou a Madame Alain com um sorriso amplo. — E, para garantir isto, selecionamos uma das nossas melhores e mais populares alunas, Lady Luisa Ferrari, para ser a guia real de Olivia pelos próximos dias. Luisa estuda na ARG desde o jardim de infância, então conhece absolutamente tudo sobre a nossa academia para a realeza moderna.

— Conheço mesmo — confirmou ela, fazendo uma reverência para a minha irmã.

— Ah — disse Mia. — Isso é tão gentil da sua parte, Luisa.

Argh. Argh argh argh argh argh argh argh argh argh.

— Excelente — disse a Madame Alain, radiante. — Já posso ver que essas meninas serão melhores amigas.

Sei que não é muito principesco escrever ou pensar isso, mas a Madame Alain deve ser cega.

— Hmm — disse Mia, olhando ao redor, porque embora as paredes da escola fossem bem grossas (quase todos os prédios da Genovia são feitos de pedra com um metro de largura, pois o vilarejo foi construído na era medieval com o objetivo de impedir a entrada de invasores), dava para ouvir alguém gritando de algum lugar no prédio menor. Eu não podia acreditar. *Rocky.* — Acho que deixarei Olivia nas suas mãos competentes então, Madame, e irei... — A voz começou a falhar.

— Er — disse a Madame Alain. O grito estava cada vez mais alto.

— Sim. Talvez eu devesse ir com você...

Talvez? Com um barulho desses, *talvez* devessem ligar para os bombeiros, para a polícia e para o exército genoviano inteiro.

Rocky já tinha tido um surto daqueles no café da manhã, insistindo que não usaria o uniforme escolar porque "futuros paleontólogos-astronautas" como ele não deveriam ter que se vestir como os demais (o que não faz sentido algum, considerando que astronautas usam uniformes; são chamados trajes espaciais).

Ele inclusive jogou os sapatos em Michael (que me fez rir quando os pegou espertamente e os lançou de volta, embora Mia tenha dito que ele não deveria ter feito isso, pois futuros príncipes não devem jogar sapatos nos seus cunhados durante o café da manhã).

Mas, na minha opinião, Rocky mereceu. Acho que crianças de 9 anos (mesmo os que estão tentando se adaptar à vida em um palácio em um novo país) deveriam saber que não se deve jogar sapatos nas pessoas. Para piorar, Helen, a coitada da mãe de Rocky, e o meu pai tiveram que o arrastar gritando e chutando (e sem os sapatos) para o carro e então para a escola, enquanto Mia me levava no carro blindado que Grandmère aguardava ansiosamente que fosse devolvido para que ela pudesse ir ao shopping mais tarde.

Isso acabou sendo bom para mim no fim das contas porque, embora eu nunca tenha sido levada à escola pelos meus pais antes, eu definitivamente não queria que o meu pai, *o príncipe aposentado do país*, fosse comigo logo no meu primeiro dia de aula. Imagine que vergonha!

E, por mais que eu nunca tenha dito isso na frente do papai — porque não quero magoá-lo —, todos gostam mais da princesa Mia do que dele, de qualquer forma. Acho que é porque a minha irmã se veste melhor. O meu pai só usa ternos e gravatas antiquados e sem graça. Mia sempre está com um vestido bonito, salto alto, chapéu e, é claro, o imenso anel de noivado que Michael deu a ela, feito com um diamante de LABORATÓRIO genuíno, então o anel é ecológico e também foi produzido sem conflitos de sangue.

Mas o ataque de Rocky que podia ser ouvido do outro prédio da escola nem foi *a pior coisa* que aconteceu até agora.

Assim que Mia e a Madame Alain correram para ver se podiam ajudar o papai e Helen com Rocky, Luisa se virou para mim e disse:

— "Cião", Olivia.

Cião! Cião em vez de *ciao*!

Isso me deixou tão zangada — embora ela tivesse um dos seus sorrisinhos de Luisa Ferrari no rosto para mostrar que só estava brincando ou algo do gênero — que achei que eu fosse explodir.

— Olhe, Luisa — falei. — Já expliquei isso antes. Cometi um erro ao pronunciar essa palavra. Todo mundo erra. A coisa mais educada a ser feita é esquecer e seguir em frente. Então será que podemos fazer isso?

— Eu jamais esquecerei — respondeu ela com o seu sotaque italiano, ainda sorrindo e agora também batendo para lá e para cá os longos cabelos loiros. — Porque foi a coisa mais adorável que já vi. *Você* é a coisa mais adorável que já vi. Todos nos Estados Unidos usam o cabelo assim?

Daí ela fez a coisa mais grosseira de todas. Agarrou um tufo do meu cabelo! Bem no meio do corredor da minha nova escola e na frente da banda, que ainda estava guardando os instrumentos!

— Ei! — gritei, puxando a cabeça para longe dela. — O que você tá fazendo? Para!

— Qual o problema? — perguntou Luisa, com os olhos arregalados e inocentes. — Eu só queria tocar o seu cabelo. Nunca senti nada parecido com essa textura. Por que ficou ofendida?

— Porque não é educado sair pegando o cabelo dos outros. — Por acaso essa garota era maluca? — O que acharia se eu fizesse o mesmo com você?

Estiquei a mão, peguei um tanto do cabelo comprido, sedoso e dourado de Luisa, depois puxei.

— Aiiii! — reclamou ela, desvencilhando os cachos dourados de mim. — O que você tá fazendo? Fabriana, a minha empregada, ficou meia hora fazendo chapinha no meu cabelo hoje de manhã!

— Viu? Agora sabe como é.

Enquanto isso, todos da banda — alguns eram inclusive meninos e meninas mais velhos, que provavelmente já estavam no ensino médio — olhavam para nós duas. Alguns estavam até rindo. Que vergonha!

— Cião, Olivia — disse Luisa, pegando o celular para ver na câmera como estava o seu cabelo e se certificar de que continuava liso. — Você é louca. Somos primas. Primas podem tocar no cabelo uma da outra.

— Não sem perguntar antes — retruquei. — É desrespeitoso. E pare de falar cião!

Ela bufou e guardou o telefone.

— OK, não vou tocar no seu cabelo de novo, Vossa Alteza muitíssimo real. Agora é melhor a gente ir. Embora você seja a princesa da Genovia, tenho certeza de que o Monsieur Montclair ficará zangado mesmo assim por estarmos atra-sadas. Sou a melhor dançarina da turma, então precisam que eu che-gue antes de a aula começar, porque todos seguem os meus movimentos.

Eu não fazia ideia do que ela estava falando — NAQUELA HORA.

Mas AGORA eu sei.

Porque, adivinhe só? Tudo que Mia dissera sobre terem aula de esgrima, arte, defesa pessoal e cavalgada?

Bem, ela estava certa.

Só que não quando há *um casa-mento real em uma semana.*

Pois, pelo visto, quando um casamento real está para acontecer em uma semana, todo mundo no país inteiro ENLOUQUECE. Todos só falam sobre a bela--noiva-princesa (Mia) e o charmoso-futuro-príncipe--consorte (Michael), e sobre como haverá um feriado nacional para celebrar o casamento deles, então todos terão um fim de semana prolongado, e sobre como no dia da cerimônia propriamente dita vai ter:

- Um desfile;

- Fogos de artifício;

- Champanhe liberada para os adultos;

- Sorvete de graça para todos;

- Um brinde militar (durante o qual os canhões no alto do palácio serão disparados);

- Passeios de carruagem gratuitos ao redor da praça da cidade;

- Um desfile com barcos iluminados na marina à noite;

- Um baile;

- Selos comemorativos com a cara da minha irmã *e* de Michael.

Mas não é por isso que todas as aulas regulares da Academia Real da Genovia estão suspensas! Não, as aulas estão suspensas para que os 120 alunos da ARG possam se concentrar em ensaiar

"Todas as estradas levam à Genovia", a mais tradicional canção popular do país, *que iremos cantar na frente da princesa Mia e do seu futuro príncipe consorte, Michael, quando os dois vierem visitar a escola na sexta-feira, um dia antes do casamento!*

Como se já não fosse suficientemente ruim, vamos cantar usando a vestimenta tradicional da Genovia: para meninas, é algo chamado *dirndl*, um tipo de vestido com uma saia armada e um corpete preto apertado!

Mas, para meninos, a vestimenta nacional é ainda pior: é um *lederhosen*, que é uma roupa com suspensórios e shorts!

Dá até para entender por que o coitado do Rocky gritava tão alto.

A Madame Alain — que tinha voltado correndo para a sala do sexto ano depois de conseguir "acomodar" Rocky —, aparentemente sem perceber o meu horror, comentou:

— A nossa performance de "Todas as estradas levam à Genovia" será o presente de casamento da Academia Real da Genovia para a sua irmã e o futuro príncipe Michael! Já estamos ensaiando há mais de uma semana. Mas é claro que você não deve contar a ela! É para ser uma surpresa.

Ah, Mia certamente vai ficar surpresa, sim.

— A sua presença na apresentação, Vossa Alteza — acrescentou a Madame Alain —, será realmente a cereja do bolo!

Cereja do bolo? Estava mais para pedregulhos na base de uma torta de lama!

Sei que não é educado ou principesco corrigir os mais velhos, então eu não podia exatamente dizer:

— Hmm, Madame Alain, me desculpe, mas acho absolutamente impossível que a minha irmã e Michael passem na sua escola sexta-feira, na véspera do casamento deles, para assistir a uma interpretação de uma música boba, com pessoas vestidas com trajes ainda mais bobos, porque vi a agenda deles e sei que estarão superocupados. Para começar, é o dia do ensaio final do casamento, no qual eu tenho que estar presente, assim como Luisa, porque nós duas fazemos *parte da cerimônia*! Além disso, é o dia em que todos os convidados que moram fora da cidade e que ainda não chegaram vão começar a chegar, como o presidente dos Estados Unidos, o rei e a rainha do Butão e a *rainha da Inglaterra*, só para enumerar alguns! Vai ser também o dia do jantar de noivado, e vamos ter que nos preparar para comparecer. Será também, é claro, quando eu e Grandmère faremos todas as verificações finais dos vestidos, flores, comida e lugares, *além* de ser quando Mia e Michael terão que arrumar as malas para a lua de mel nas ilhas gregas, para onde vão no iate real! Então, embora seja uma ideia muito legal e tal, e tenho certeza de que a minha irmã ficaria extremamente grata, isso nunca, jamais vai acontecer.

Só que a Madame Alain — assim como todos os alunos da turma — parecia tão feliz e animada que eu não pude dizer nada disso, pois não queria desapontar todos.

Então, apenas sorri e comentei:

— Ah. Isso é muito gentil. Mas, hmm, talvez você deva checar com o palácio para ver qual vai ser a agenda da minha irmã...

— Ah, já fiz isso! — interrompeu ela. — Verifiquei com o próprio príncipe Philippe. E o gabinete dele me informou que está tudo certo!

Príncipe Philippe? O meu *pai*?

O meu pai é muito incrível e maravilhoso de diversas maneiras, mas não é exatamente uma pessoa organizada, ou mesmo ciente de tudo que tem acontecido, fora o próprio trabalho no palácio de verão e ouvir a mãe de Mia e Rocky, Helen, falando do quanto ela detesta a cor creme do seu vestido de mãe da noiva (que, pessoalmente, acho que podia mesmo melhorar bastante com um leve tingimento roxo).

Segundo Grandmère, as únicas obrigações do pai da noiva são:

º Aparecer para entrar com a filha na cerimônia;

º Fazer um belo discurso durante a festa;

º Dançar com a filha/noiva;

º Pagar por tudo;

º Emprestar o seu lenço para a mãe da noiva se ela começar a chorar.

Então tenho quase certeza de que o meu pai NÃO FAZ IDEIA de que o gabinete dele concordou em agendar uma visita da minha irmã e do seu futuro marido à ARG no dia antes do casamento.

Mas tudo o que eu disse foi:

— Ah. Ótimo. — E mantive um grande sorriso falso no rosto.

A Madame Alain pareceu muito satisfeita ao responder:

— Estou tão contente que você ache isso, Vossa Alteza! Agora, por favor, sente-se. Arrumamos uma mesa nova e bastante especial para você!

Segui até a "mesa nova e bastante especial" que tinham arrumado para mim — toda decorada com o meu nome, Princesa Olivia Grace, em estrelinhas brilhantes — e descobri que ela estava bem entre a mesa de Luisa e...

Do crush dela, o príncipe Khalil.

Pelo visto, Luisa ficou bastante insatisfeita com isso,

pois ela se jogou na cadeira, sacou o
celular e começou a digitar
furiosamente.

Não sei para
quem ela estava
escrevendo (para
a mãe dela a fim de
reclamar talvez?),
mas não parecia ser

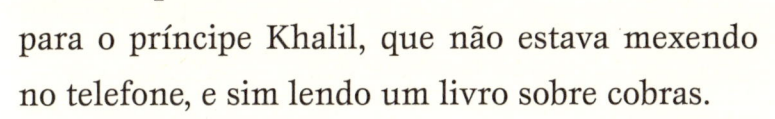

para o príncipe Khalil, que não estava mexendo
no telefone, e sim lendo um livro sobre cobras.

Como ilustradora da vida selvagem, sei que eu
deveria gostar de todos os bichos. Mas cobras? Sinto
em relação às cobras o mesmo que sinto em relação
às iguanas (a não ser por Carlos): não, obrigada.

Khalil disse "oi" e só. Ele nem mesmo sorriu, o
que não acho que tenha sido um comportamento
muito amistoso para:

A. Um primo, mesmo que de terceiro ou quarto
grau;

B. Um príncipe;

C. Um ser humano.

Talvez ele tenha medo de falar mais alguma coisa comigo e deixar Luisa ainda mais zangada? Acho que eu teria medo dela também se eu fosse Khalil. Embora ele provavelmente não saiba o que ela planejou para ele no sábado, com a dança e o chafariz e o luar.

Para piorar, as minhas outras primas de terceiro ou quarto grau, Marguerite e Victorine, também são dessa turma (e também usam saia, como Luisa, e não shorts. Eu sou a ÚNICA menina na sala que escolheu shorts em vez de saia)! E elas ficam olhando na minha direção, sussurrando e rindo.

Ótimo.

Agora a Madame Pinchot, a instrutora de canto, mandou que a gente levantasse para praticar.

(Ops, espere, eu não. Ela está chateada porque não sei a letra de "Todas as estradas levam à Genovia", que aparentemente é *a* música mais famosa no país inteiro depois do hino nacional.)

A minha vontade é levantar a mão e dizer:

— Hmm, sem querer ofender, mas faz só um mês que estou aqui. Além disso, tenho certeza de que o futuro marido da minha irmã também não conhece essa música, e acho que ele ia preferir ganhar de presente de casamento um calendário ou meias do *Star Wars* ou qualquer coisa relacionada a *Star Wars*, porque ele realmente ama *Star Wars*.

Mas sei que isso seria indelicado.

Além do mais, não sei o que a minha irmã gostaria de ganhar de presente de casamento (além de doações para as instituições de caridade preferidas dela), porque ela tem praticamente tudo. Provavelmente iria gostar de ganhar um doce, afinal outro dia ela me disse que os gêmeos a estão deixando com vontade de comer o tempo todo, principalmente chocolate, mas ela está com medo de comer muito e explodir o vestido de noiva, o que faria com que Sebastiano, o designer famoso que fez o vestido de noiva dela e os vestidos de todas as damas de honra e madrinhas, tivesse um piti. Ele também é um primo do lado italiano da família, e embora seja muito, muito talentoso, também é muito, muito dramático.

Eu pedi desculpas para a Madame Pinchot por não saber a letra de "Todas as estradas levam à Genovia" e falei que tentaria aprendê-la o mais rapidamente possível.

Ela me entregou um papel com a letra e me disse para decorá-la. Não parece tão difícil, mas também não faz muito sentido:

"Todas as estradas levam à Genovia"
(Autor desconhecido)

Viajei para longe
Por tão longe andei
Mas ao meu lar na Genovia
Sempre retornei

Terra de palmeiras verdes
E águas *azuladas*
A nenhuma outra terra
Pode ser comparada

Não importa o quão longe
Eu possa estar
Ao meu lar na Genovia
Sempre vou voltar

Genovia, Genovia
Terra de verde e azul
Genovia, Genovia
Todas as estradas
Nos levam de novo a ti
(Repetir sete vezes)

Mas temos que cantar em genoviano medieval tradicional, que é um misto de italiano e francês.

Então basicamente soa como um velhote gargarejando com sopa de cebola.

Paciência. É o mínimo que posso fazer pelo meu novo país.

Acho que as coisas não podem piorar.

Segunda-feira, 15 de junho, 13h35, Academia Real da Genovia

As coisas pioraram. Pioraram muito, muito mesmo!

Agora não só tenho que aprender uma música idiota (desculpe, sei que não devo dizer que uma das músicas mais antigas e tradicionais do país que um dia talvez eu venha a governar é idiota, mas é), como também tenho que dançar com um PRÍNCIPE idiota.

Não quero que pareça que tenho algum preconceito contra príncipes, porque não tenho. Conheço alguns príncipes que são bem legais. O meu pai é um príncipe e ele é ótimo (quando não está aos berros para saber quanto tempo vai levar para consertar a fundação do palácio de verão ou para saber quanto o casamento de Mia está custando).

Michael ainda não é príncipe, mas acho que vai ser um ótimo príncipe quando for coroado (no casamento), ainda que seja apenas um príncipe consorte.

Consortes são os cônjuges de quem governa o país, então não estão na linha de sucessão do trono. Eles não precisam ir ao chá real nem ajudar a tomar decisões de estado nem mesmo precisam usar as suas coroas. Só precisam sair bem nas fotos e dizer coisas como "Vai ficar tudo bem" para quem governa.

Mas o príncipe com quem me colocaram para dançar hoje? É um príncipe de verdade e não é *nem um pouco legal*! Não chega nem a ser razoável!

E sei que não devemos julgar as pessoas, a não ser que tenhamos passado por algo parecido.

Mas o príncipe Gunther é um HORROR!

Já entendi por que ele foi o único da turma que ficou sem par para dançar, afinal ele é um aluno interno que:

- Usa chinelos com meias até o joelho e short para ir à escola;

- Cutuca o nariz e depois dá um peteleco no que encontrou lá dentro na direção do Monsieur Montclair quando ele não está olhando, e depois ri;

- Simula barulho de peido com a boca sempre que pode;

- Gosta de mostrar os "bíceps sarados", que é como costuma descrever os músculos dos braços;

- Tem cabelo verde — e não porque o tingiu assim, o que seria maneiro, mas porque o cabelo ficou verde do cloro da piscina de tanto ele nadar;

- Fica se gabando por ser um nadador tão bom que vai até participar das próximas Olimpíadas.

Mas não vejo como isso seria possível. Certamente a pátria natal dele, a Áustria, não ia querer um

tirador de meleca de cabelo verde representando o país nas Olimpíadas, mesmo que *seja* um príncipe.

Por causa da natação, ele tem mesmo ombros e bíceps largos. Então quando tenho que pegar o braço dele na parte da dança em que "o cavaleiro genoviano passeia com a dama genoviana" até o centro, o príncipe Gunther flexiona os músculos nos meus dedos.

Isso não só é nojento como praticamente corta a minha circulação, porque o príncipe aperta a minha mão realmente com muita força contra o corpo dele.

Quero reclamar disso com a Mademoiselle Justine, a instrutora de dança, mas não tenho certeza se o príncipe Gunther está fazendo isso de propósito para se mostrar ou se é assim que os braços dos meninos funcionam mesmo. Não tenho muita experiência com meninos além de Rocky, que só tem 9 anos, então como eu poderia saber?

Da última vez que isso aconteceu, fiquei tão enojada que corri dele e me juntei às garotas do outro lado da sala. Depois de cada ensaio, os meninos e meninas se dividem e ficam em lados opostos. Não sei por quê. Mas é o que acontece.

— Cião, Olivia — disse Luisa quando viu a minha expressão. — O que houve?

De tão apavorada que estava com a minha situação, eu nem mesmo fiquei zangada com ela dessa vez por falar cião. Em um momento desses, mesmo a companhia de alguém como Luisa era bem-vinda.

— Todas as vezes que fazemos o passeio — sussurrei —, o príncipe Gunther flexiona os músculos assim. — E mostrei a ela.

— Ecaaaaaaaaa! — gritou Luisa. — Ele é tão nojento!

É claro que todas as outras meninas ouviram e se reuniram ao nosso redor, querendo saber sobre

o que falávamos. Até mesmo a garota tímida —
a única outra princesa da turma, além de mim,
Komiko, que nunca fala nada com ninguém, pelo
que eu vejo.

Eu devia saber que Luisa não ia conseguir guardar um segredo. Agora todas as meninas da turma se referem ao príncipe Gunther como "o Flexionador" e me sinto meio mal por isso. Sou a princesa da Genovia. Deveria estar dando um bom exemplo, e não espalhando fofocas sobre os outros.

— Talvez ele não esteja fazendo de propósito — falei.

— Não. Definitivamente está, sim, fazendo de propósito — respondeu Luisa, que se considera uma expert em meninos. — Ele não é como o príncipe Khalil. O príncipe Khalil jamais faria algo assim. É um perfeito cavalheiro... a não ser, é claro, pelo fato de *não parar* de ler sobre cobras.

Ela disse a última frase rangendo os dentes e olhando para o outro lado da sala. Era verdade! Entre os ensaios da dança, o príncipe Khalil seguia até a carteira dele e ficava lendo o livro sobre cobras.

Não o vi falar com Luisa uma única vez sequer — a não ser para se desculpar por pisar no pé dela, pois é claro que o príncipe Khalil é o parceiro de dança dela —, o que deve ser bem frustrante, considerando que ele é o futuro namorado da minha prima.

— Paciência, né? — disse Luisa, jogando para trás um pouco do cabelo comprido. — Ele não ousaria levar esse livro para o casamento.

— É claro que não — declarou Marguerite, compreensiva, afagando o ombro da amiga. — Embora ele possa baixar o livro no telefone dele.

Luisa ficou consternada.

— Ele não faria isso!

— Nunca se sabe — comentou Victorine. — O Flexionador faria algo assim. Ele senta ao meu lado e passa o dia inteiro fazendo desenhos cruéis da Madame Alain, dando a ela um grande... — Ela apontou para o próprio bumbum. — Você sabe o quê.

Eu estava chocada. O restante das meninas riu, até mesmo Komiko, que é tão tímida que dificilmente sorri.

— Talvez ele apenas desenhe mal — sugeri. — Eu gosto de desenhar também, mas às vezes é difícil fazer com que as coisas fiquem bem representadas. Talvez o Flexionador não seja um ilustrador muito bom, então *parece* que está desenhando a Madame Alain com um grande... você sabe o quê.

— Cião, Olivia — disse Luisa, com um sorriso sonso. — Você é tão imatura! É claro que ele está desenhando desse jeito de propósito. Todos os garotos da turma são tão infantis. Bem, com exceção do meu príncipe Khalil. Ele é perfeito.

Faz só algumas horas que cheguei aqui e já estou ficando bem cansada de ouvir o quanto o príncipe Khalil é perfeito.

— Mas, se for verdade que o príncipe Gunther está mesmo fazendo desenhos maldosos — falei —, devemos contar a alguém. Afinal, não é um comportamento muito adequado para a realeza... nem mesmo muito legal.

— Mas um membro da realeza nunca deve dedurar.

— Finalmente a princesa Komiko disse alguma coisa! Eu tinha que pensar melhor naquilo.

— Na verdade, acho que é *mais* nobre dedurar em alguns casos do que não falar nada. Como nos casos em que alguém pode sair machucado. E é errado caçoar dos professores. Isso pode deixá-los magoados.

Luisa piscou os grandes olhos azuis.

— Mas, se dedurarmos o príncipe Gunther e ele for expulso do colégio, você não vai ter par para a apresentação, Olivia!

— Não tem problema — expliquei. — Posso fazer esse sacrifício. Tenho muitos compromissos na sexta-feira, de todo modo.

— Não, Luisa tem razão — comentou Marguerite. — Precisamos de você, Vossa Alteza. De você *e* do seu adorável irmão mais novo.

— Bem. — Luisa fungou. — Não sei se *precisamos* dela... e, se está se referindo a Rocky, Marguerite, ele nem mesmo é irmão dela de verdade. Ele é *meio*-irmão da princesa Mia, e do lado da mãe dela, não do pai. Tecnicamente nem deveria frequentar essa escola.

— Ei — disparei, zangada. — Ele pertence a essa escola tanto quanto qualquer outro!

Luisa estreitou os olhos.

— Não pertence, não. A Academia Real da Genovia é uma escola para pessoas da *realeza*, e Rocky *não é* nobre.

Eu não conseguia acreditar no quanto ela estava sendo esnobe.

— Ele vive em um palácio com uma família da realeza!

Victorine e Marguerite pareceram impressionadas diante do meu argumento.

— É verdade, Luisa — afirmou Victorine. — Vive mesmo.

— Ah, certo. É claro. — Luisa riu. — Eu só estava brincando. Não seja tão sensível, princesa Olivia.

Grandmère me disse que é grosseiro quando um membro da realeza fala algo maldoso e depois insinua para a outra pessoa que ela é "sensível" por ter ficado ofendida. Pelo menos, tenho bastante certeza de que a minha avó me explicou isso.

Mas, antes que eu pudesse responder, Mademoiselle Justine, a instrutora de dança, bateu as mãos e pediu que voltássemos aos nossos lugares.

— Meninas, meninas! Menos papo e mais dança, por favor.

Em menos de cinco segundos, Gunther estava esmagando os meus dedos de novo. Não que tivesse importância, afinal eu não acertava um único passo da coreografia. Com certeza sou a pior dançarina da turma. Acho que a Mademoiselle Justine queria chorar.

— Por favor — disse ela para mim. — Por favor, vá para casa depois da aula hoje e pratique, Vossa Alteza. Os passos, os braços... tudo. Simplesmente tudo...

— Farei isso — prometi.

Mas tudo que quero fazer quando chegar em casa é chorar. De preferência em um banho de espuma.

Segunda-feira, 15 de junho, 20h15, Quarto real genoviano

Hoje quando cheguei da escola, a primeira coisa que fiz (depois de pegar do chão Bola de Neve, que correu para me recepcionar na limusine, e deixar que lambesse o meu rosto todinho) foi bater na porta do escritório do papai.

— QUEM É? — gritou ele. — EU DISSE QUE NÃO QUERIA SER INCOMODADO.

Eu e Bola de Neve entramos e encontramos o meu pai sentado à sua grande mesa real coberta de plantas de construção e milhões de outros papéis. Os óculos de leitura dele estavam no topo da

careca, e os pés descansavam em um javali empa-
lhado que o meu avô havia abatido em uma caçada
real muito antes de eu nascer. Chamo o javali de
Annabelle porque se parece muito com uma menina que frequentava a minha antiga escola e cujo
nome era esse.

— Não quero saber quanto vai custar! — ber-
rou ele ao telefone. — Preciso que fique pronto o
quanto antes. O quanto antes, entendeu? — Ao me
ver, ele mudou totalmente o tom de voz: — Ah, oi,
Olivia querida. Como foi a aula hoje?

— Foi tudo bem — menti, porque achei que o papai não precisava de mais aborrecimentos. — Pai,
por acaso o seu gabinete marcou uma visita de Mia
e Michael à minha escola nesta sexta-feira, no *dia
antes do casamento*?

— Acho que sim. Aquela mulher do colégio disse
que havia um tipo de evento que vocês estavam planejando e que Mia iria gostar de assistir. Por quê,
algum problema?

— Acho que não — respondi, dando de ombros.

— Talvez tudo acabe dando certo. Mas acho que

Mia e Michael provavelmente terão várias outras coisas para fazer em vez disso.

— Como o quê? — perguntou ele, mexendo no laptop sobre a mesa.

— Hmm — falei. — Sei lá. Receber os convidados. Fazer as malas para a lua de mel. Ensaiar para o casamento. Coisas assim.

— Ah, querida — comentou o meu pai. — Temos funcionários para fazer isso tudo para eles. Bem, a maior parte disso.

— Ah — falei. — Tudo bem. Bom, vejo você no jantar então. Boa sorte com a gritaria.

— Obrigada, querida. — Ele se voltou para o telefone: — Não, não em dois anos. Em dois meses. Quero tudo pronto em dois meses. Por acaso sabe quem eu sou?

Hmmmm. Seria melhor eu contar para Mia — ou ao menos para Grandmère — o que está acontecendo.

Mas daí me lembrei da expressão da Madame Alain quando disse que a performance deveria ser uma surpresa, assim como um presente de casamento da escola, e do quanto ela parecia feliz e animada.

Não quero ser quem vai estragar isso! Todos se esforçaram tanto.

E, é claro, a princesa Komiko disse que um membro da realeza não deve ser dedo-duro (a não ser, como já mencionei, no caso de alguém poder se machucar).

Não vejo como alguém pode acabar machucado nessa história — além dos meus dedos, mas eles provavelmente sobreviverão.

Então, quando todos os demais perguntaram como tinha sido a escola, apenas disse:

— Ótima!

Ninguém pediu muitos detalhes, pois estavam muito ocupados com Rocky. *Ele* talvez seja a pessoa que saiu machucada dessa história. Eu me esqueci totalmente do *lederhosen*. Dá para entender por que um menino de 9 anos, de Nova York, não iria querer usar aquilo, mesmo que seja para fazer uma surpresa de casamento para a própria irmã.

Mas ele não contou a ninguém sobre isso. Como eu, Rocky está guardando o segredo da escola. Ele só disse que ia construir um foguete cujo combustível são os próprios peidos, e que iria até a lua nele para viver com os dinossauros.

Depois ele correu para o quarto e bateu a porta.

— Puxa — disse Mia para a mãe deles. — Acho que Rocky não teve um dia muito bom na escola.

É claro que não teve! Também fizeram com que ele conduzisse uma menina para lá e para cá na turma dele! Isso quando não estava sendo forçado a cantar que todas as estradas levam à Genovia, terra de verde e azul.

Mas, em vez de contar isso para a mãe de Mia quando ela me perguntou, preocupada, se eu sabia de algo que pudesse ter acontecido com ele, eu apenas falei:

— Nossa, não sei. Que tal eu ir lá ver como ele está?

— Você iria? — perguntou ela. — Detesto pedir isso porque sei que teve um dia longo também, mas Rocky realmente se espelha em você...

Aquilo era novidade. Afinal, normalmente o que acontecia era que Rocky me metia em confusões.

— Claro — afirmei. — Sem problemas.

E lá fui eu.

Rocky tem um quarto quase tão legal quanto o meu, mas em vez de pássaros e nuvens pintados nas paredes e no teto, são cenas de caçada e navios velejando. Além disso, a cama dele não tem dossel.

Mas, tudo bem, porque ele não passa muito tempo na cama mesmo. Ele prefere ficar na grande caixa de papelão que pintou para se parecer com uma nave espacial. Foi onde o encontrei.

— Rocky, sei por que você está chateado — falei, me ajoelhando ao lado da caixa enquanto Bola de Neve cheirava tudo ao redor. — Também acho aquela música idiota. Assim como a dança. Mas estamos fazendo isso por Mia e Michael, então pelo menos é por um bom motivo.

— É fácil para você dizer isso. — Ele pressionou alguns botões falsos que havia pintado dentro da espaçonave que ia para lugar nenhum. — Você não tem que usar short com suspensórios!

— Para mim é ainda pior. Tenho que dançar com o príncipe Gunther. Ele joga melecas no professor e faz barulhos de peido com a boca.

Rocky pareceu impressionado.

— Ele parece ser irado!

— Bom, não é. Eu trocaria o príncipe Gunther por usar *lederhosen* qualquer dia.

— Acho que nós dois deveríamos fugir — declarou Rocky. — Entre aí. Estou indo para a Lua.

Eu sabia que ele estava só fingindo sobre a parte de ir para a Lua, mas tinha a sensação de que não estava fingindo sobre querer fugir. A adaptação de Rocky à mudança para Genovia tem sido bem *dura*.

Talvez eu pudesse fazer algo para que não fosse tão difícil para ele.

Então falei:

— Vou fugir para a Lua com você um pouquinho se prometer que vai me ajudar a praticar os passos da dança quando voltarmos, porque a Mademoiselle Justine disse que sou realmente horrível e que preciso treinar. Não podemos ficar na Lua para sempre, Rocky, porque não dá para fugir dos problemas. É preciso enfrentá-los, ou nunca se resolverão.

Ele pensou naquilo.

— Tudo bem. Pode entrar.

Então Bola de Neve e eu entramos atrás dele no foguete de mentira (depois de fazê-lo prometer não soltar nenhum pum na gente).

Esse é o tipo de coisa que às vezes é preciso fazer sendo a irmã mais velha de alguém. Quando eu for tia, imagino que vá ter que fazer coisas assim o tempo todo. Talvez até tenha que fazer coisas piores, como trocar fraldas (embora Mia tenha falado que eles terão uma babá. Michael queria construir uma babá-robô, mas ela já disse não).

Após chegarmos à "Lua", fingi que um velociraptor estava me devorando para que Rocky pudesse "me salvar" — embora essa espécie de dinossauro não viva na Lua de verdade e, se vivesse e um começasse a me devorar, eu seria capaz de me salvar sozinha e de salvar Bola de Neve também.

Isso pareceu deixar Rocky bem melhor, e, quando descemos para jantar, ele contou para todos na mesa que a Academia Real da Genovia não era tão ruim assim e que ele iria à aula no dia seguinte.

Rocky não era o único que parecia estar melhor. A mãe dele estava tão feliz que sussurrou um "muito obrigada" para mim do outro lado da mesa de jantar de 6 metros de comprimento, e, mesmo de tão longe, eu podia ver que ela trazia lágrimas nos olhos.

E o meu pai estava tão aliviado diante da mudança de comportamento de Rocky que nos deixou brincar lá fora depois do jantar em vez de nos obrigar a passar "tempo em família" com ele e todos os convidados (o que, sem querer ofender, pode ser bem chato).

Michael disse que eu era uma verdadeira *trooper*, e Grandmère comentou:

— Bom, acho que há uma chance da ARG saber uma coisa ou outra sobre treinar membros da realeza que eu não sei, embora ainda duvide disso.

— Até mesmo Mia me deu um abraço e um beijo extras antes que eu fosse dormir.

— Olivia, você é incrível — sussurrou ela. — O que você disse a Rocky para fazer com que ele quisesse voltar à escola?

Eu dei de ombros e disse que não sabia. Tudo bem mentir se a mentira não machucar ninguém.

— Bom, continue fazendo o que quer que seja que você tenha feito, por favor. Tirou uma grande preocupação dos meus ombros.

Talvez esse possa ser o meu presente de casamento para ela: tirar preocupações de cima dela.

Vai ter que ser isso, afinal não tenho dinheiro para comprar nada, pois acabei esquecendo de perguntar se tenho direito a uma mesada como princesa.

Terça-feira, 16 de junho, 2h16, quarto real genoviano

<NishiGirl   OlivGrace >

> Como foi o seu primeiro dia na escola de princesas?

Nishi, são duas da manhã.

> Ops, sempre me esqueço do fuso! Desculpe! Bom, mas como foi?

Já disse que é uma escola normal! Com meninas E meninos. O meu lugar é ao lado de um menino.

Sério? Ele é um príncipe?

Bom, é. Mas isso não vem ao caso.

Qual o nome dele?

Khalil.

Aaaaaah, curti o nome! Ele falou com vc?

Na verdade, não. Bom, falou oi. Nishi, realmente preciso ir dormir. A minha avó disse que precisamos de 8 horas de sono para parecermos e nos sentirmos bem.

Desculpe! Mas estou tão animada com a viagem! Faltam apenas dois dias! Então o príncipe é legal? Vou conhecer esse Khalil?

Não sei! Ele mal falou comigo. Acho que você vai conhecer sim. Ele é um dos padrinhos de Michael e é meu primo.

Ah, não! Mas aí você não pode se casar com ele!

Argh! Por que eu iria querer me casar com ele? Mas, sim, poderia me casar com ele se quisesse. Somos primos de terceiro ou quarto grau, algo assim.

Bom, que alívio então! E conheceu alguma menina legal?

Na escola? Uma, acho. Komiko. Mas ela mal falou comigo também. É tímida.

Talvez vc possa ajudar a melhorar a timidez dela com a sua personalidade extrovertida e amigável!

É, vou tentar.

Com qual dos príncipes da Disney o Khalil se parece mais? Escolha um:

- Príncipe da Branca de Neve
- Príncipe Encantado da Cinderela
- Príncipe Philip da Bela Adormecida
- Príncipe Eric da Pequena Sereia
- Príncipe Adam da Bela e a Fera
- Aladim

- Príncipe Naveen da Princesa e o Sapo
- Príncipe Kristoff de Frozen (porque você sabe que ele vai totalmente acabar se casando com a Anna e aí vai ser um príncipe consorte como Michael, o noivo da sua irmã!)

Nishi, não quero desapontar você, mas os príncipes da Disney não são reais. Na vida real, príncipes tiram meleca do nariz.

AIMEUDEUS!!!! O príncipe Khalil tira meleca?

Não! Mas o príncipe Gunther tira.

VOCÊ SENTA AO LADO DE DOIS PRÍNCIPES?

Não. Só de um. O outro é o meu parceiro de dança.

Você teve a chance de dançar com um príncipe?

Não tive a CHANCE. Fui OBRIGADA. Ele é muito nojento. Então nem pense que vou me casar com ele!

Como pode ser nojento se é um príncipe?
Ele não é rico?

Sim, mas ser rico não faz com que
alguém seja bonitinho. Você sabe disso!
O príncipe Gunther tem cabelo verde e
aperta os meus dedos com muita força
quando a gente dança.

Mas o príncipe Khalil não é nojento, né?
Vou poder dançar com ele? Quem sabe
no casamento? POR FAVOR, DIZ QUE
SIM!!!!

NISHI! NÃO! Ele é o crush da minha prima
Luisa!!!

Luisa? Aquela metida? Por que o príncipe
fofo é DELA? Quando eu chegar, a gente
devia pregar uma peça nela.

Não, de jeito nenhum! O nosso dever
como damas de honra é AJUDAR a minha
irmã, e não piorar as coisas pregando
peças nas outras damas de honra!!!!!!

Eita. OK. Eu só tava brincando. Não precisa vir com toda essa atitude de princesinha.

Não estou tendo atitude de princesinha!

Tá um pouco sim. Vc tem tudo que alguém podia sonhar na vida, incluindo um pônei e se sentar ao lado de um príncipe fofo, e tá agindo como uma princesinha.

Não estou não! Só estou dizendo que nem tudo é perfeito!

Claro, superacredito. Tenho que ir.

Espere, Nishi. Desculpe. Claro que podemos pregar uma peça na Luisa se você quiser. Podemos jogar uma iguana na cabeça dela.

Nishi?

Ótimo. Agora não consigo dormir porque Nishi está zangada comigo.

Bom, sendo sincera, é também porque a minha irmã e todos os amigos dela estão na piscina, rindo e cantando, embora de vez em quando eu ouça Mia dizer:

— Shhh, pessoal. Tem gente tentando dormir!

Mas isso só faz com que eles riam ainda mais.

Também não consigo dormir porque, quando fui pegar um pouco de água, vi que o mordomo-chefe — que basicamente vem a ser quem comanda todos os empregados do palácio — havia colocado um bilhete por baixo da minha porta avisando que, enquanto eu estava na escola hoje, Bola de Neve roubou um pedaço de presunto, um tablete de manteiga e um pão fresco da cozinha. Um dos assistentes do chef Bernard achou o pão mais tarde na quadra de tênis com marquinhas de pata por todo ele.

O fim do bilhete dizia:

Princesa Olivia, o chef Bernard ficaria grato se você pudesse, por favor, controlar o seu cachorro.

Atenciosamente,
Henri, mordomo-chefe
Palácio Real
Genovia

Argh!!!! O que vou fazer???

Embora eu possa entender por que Bola de Neve fica entediada quando estou fora.  Nenhum dos cachorros do palácio quer brincar com ela — o cachorro de Grandmère, Rommel, está sempre ocupado demais seguindo a minha avó por aí, e os outros são todos cães farejadores a serviço da Guarda Real da Genovia.

E que cachorro não ficaria cansado da comida de cachorro? Se eu tivesse que comer aquela comida todo dia, o dia inteiro, também ficaria cansada. Sinceramente, acho que Bola de Neve estava tentando fazer um sanduíche de presunto.

Terça-feira, 16 de junho, 14h15, Academia Real da Genovia

Finalmente uma coisa boa aconteceu!

Bom... *acho* que foi uma coisa boa, pelo menos.

Eu estava treinando desenhar cangurus no almoço — cangurus ainda são os meus favoritos, porque adoro ver os canguruzinhos aconchegados nas bolsas das mães — quando uma das alunas mais velhas disse:

— Você realmente desenha muito bem, sabia, princesa Olivia?

!!!!

Pois é! Fiquei tão surpresa.

Principalmente porque a menina que disse isso é uma rainha.

Não temos rainhas nem reis na Genovia por ser um principado, o que significa que o país é governado por um príncipe (ou por uma princesa). Bem, a Genovia na verdade é governada por uma primeira--ministra, mas o príncipe (ou a princesa) ajuda!

Embora seja uma rainha sem poder político, segundo a Constituição do país dela (o país fica na África).

Ainda assim. Uma rainha acha que eu desenho bem!!!

A gente tem uma hora e meia de almoço na ARG, e a comida é muito, muito gostosa. Temos cardápios, assim como garçons nos servindo, e podemos pedir o que quisermos (respeitando o bom senso).

A única desvantagem é que os lugares são marcados aleatoriamente. Isso é para evitar que se formem "grupinhos", porque a Madame Alain acredita que membros da realeza devem ser "amigos de todos".

E foi assim que hoje me sentei ao lado da rainha Amina.

Eu sabia que era grosseiro desenhar à mesa enquanto esperava a comida ser servida (principalmente quando estava sentada ao lado de uma rainha), mas fiz aquilo por desespero, porque a Luisa estava contando uma história muito longa e chata sobre o que ela vai vestir para o casamento da minha irmã (isto é, quando trocar o vestido de dama de honra, o que ela disse que vai fazer assim que as nossas obrigações na cerimônia terminarem).

Eu nunca tinha ouvido falar de damas de honra trocarem de roupa para a festa — nem mesmo as mais jovens. Mas Luisa disse que isso é bem normal nos Estados Unidos.

— Bem, sou americana e nunca ouvi falar disso — comentei.

— Cião, Vossa Alteza. — respondeu Luisa e começou a rir.

Daí eu peguei o meu caderno e não falei mais nada. Ela é tão irritante!

Foi então que a rainha Amina se inclinou e perguntou:

— Desde quando você desenha, princesa Olivia? Você é muito boa mesmo.

Eu não podia acreditar! Estava surtando. Não só a rainha Amina é uma rainha muito bonita, como é também aluna interna do ensino médio e bem alta. Tem mais de 1,80 m de altura e faz parte do time de futebol da ARG (que é misto). Segundo os rumores, ela marcou 37 gols contra a Academia Real da Suíça, o mais temido inimigo da ARG.

— Desenho desde pequena — sibilei. — Muito obrigada, Vossa Majestade Real!

No refeitório, devemos nos dirigir aos demais respeitando o título de cada um, embora sejam todos tão difíceis de lembrar:

- Rei ou rainha — Vossa Majestade;

- Príncipe ou princesa — Vossa Alteza Real;

- Duque ou duquesa — Vossa Alteza;

- Conde ou condessa — Lorde ou Lady;

- Barão ou baronesa — Lorde ou Lady também;

- Os demais — senhor ou madame.

— Posso mostrar o seu desenho para os demais na mesa? — perguntou a rainha Amina.

Quase enfartei.

— Claro, Vossa Majestade, pode sim.

Eu não estava acreditando! Uma rainha tinha gostado do meu desenho o bastante para mostrá-lo para outras pessoas!!!

— Que desenho maneiro — disseram várias pessoas.

Todos menos Luisa. Ela parecia zangada, provavelmente porque a história chata dela tinha sido interrompida.

— Licença — intrometeu-se ela. — Por acaso mencionei que o vestido que vou usar na festa foi feito pelo Claudio, o maior estilista do momento em Roma? E que tem uma saia longa que pode ser solta para virar um minivestido quando a pista de dança abrir?

— Uau! — exclamei, me sentindo um pouco mal por ter apenas um vestido para o casamento inteiro, embora eu seja irmã da noiva. E, ainda por cima, sem uma saia que se destaca.

— Eu sei — afirmou ela, comendo em seguida um pouco da sua cauda de lagosta, pois o almoço finalmente tinha sido servido. — Está realmente muito na moda.

— Com licença, mas posso ver isso? — pediu o príncipe Khalil, que nem mesmo estava sentado à nossa mesa. Ele estava na mesa *ao lado* da nossa, mas observava o meu caderno, que a rainha ainda segurava. — É uma *iguana*?

— Hmm — falei, sem graça por ele não saber identificar um canguru de uma iguana. Um é mamífero e o outro um réptil. — Não, é um canguru.

— Não, do *outro* lado.

Claro, havia um desenho do Carlos na página seguinte, a que estava virada para ele. Eu tinha me esquecido completamente daquilo.

Então fiquei sem graça *por mim*.

— Ah — respondi, corando. — Sim, é uma iguana.

— Você gosta de iguanas?

Eu não queria dizer que não, porque ele parecia superanimado, então falei:

— Bem... gosto de algumas.

Não era mentira. Eu gosto de uma iguana... de Carlos. Às vezes deixo morangos que guardo do café da manhã (sem os caules) para ele.

— Você sabia que iguanas estão entre as espécies mais ameaçadas no mundo? — perguntou Khalil.

— Não — respondi, surpresa. — Não sabia. Temos muitas iguanas no palácio.

— É mesmo? — O príncipe Khalil soou impressionado. — Elas não são nativas dessa região.

— Não — concordei. — Eu sei. O meu pai acha que alguém provavelmente soltou um casal perto dos jardins do palácio e agora eles, hmm... — Decidi que talvez fosse melhor não entrar em detalhes sobre todos os bebês de iguanas.

Mas no fim das contas eu nem precisava, porque o príncipe Khalil entendeu e assentiu, animado.

— Iguanas são ótimos animais de estimação, porque são muito sociáveis, calmas e podem viver quase vinte anos.

— Uau — falei. — É bastante tempo. Na verdade, nós temos tantas que gostaríamos de nos livrar de algumas.

— Bem — disse ele, pelo visto ainda bastante empolgado. — Eu poderia...

— Khalil, por favor! — gritou Luisa. As narinas dela estavam supercomprimidas. Diferentemente das narinas do meu pônei, Chrissy, que inflam quando ela fica nervosa ou chateada, as de Luisa ficam menores. — Ninguém quer ouvir curiosidades sobre lagartos enquanto tenta almoçar!

— Hmm — falei. — Eu não ligo, Luisa. É até interessante... AI.

O "AI" foi porque a minha prima me deu um chute sob a mesa.

— Não, *não* é interessante, princesa Olivia — comentou ela.

— Ah — respondi enquanto o meu tornozelo latejava. Luisa usa sapatos de salto bem alto. — Acho que não é interessante mesmo não.

— *Eu* acho interessante — afirmou a rainha Amina.

De repente parecia que Luisa tinha mordido um limão ou algo assim. Ela olhou de esguelha, e os lábios murcharam para o tamanho de uma uva.

— Me desculpe, Vossa Majestade — disse ela, educadamente. — Claro. Lagartos são muito interessantes.

HA! HA HA HA HA HA HA!

Mas então um dos garçons chegou com o carrinho de sobremesas... sério, um carrinho com todos os tipos de sobremesa diferentes empilhados, e podemos escolher o que quisermos. Tem qualquer sobremesa que você possa imaginar, de bombas de creme a bolo de chocolate, além de frutas maduras deliciosas para quem quiser algo mais saudável.

Daí todos esqueceram sobre o que estávamos falando para se concentrar em escolher o que queriam de sobremesa. Eu escolhi musse de chocolate porque é a minha sobremesa favorita.

Acho que a ARG não é tão ruim assim, com exceção da cantoria. E da dança. E de algumas pessoas, particularmente o Flexionador, que continua flexionando. Ainda não consegui pensar em um modo de fazer ele parar. Estou começando a perder a sensibilidade nos dedos.

Isso pode ser problemático para o meu futuro na carreira de ilustradora da vida selvagem. Afinal, é difícil desenhar quando não se consegue sentir as pontas dos dedos.

Terça-feira, 16 de junho, 20h30, Quarto real genoviano

Nishi finalmente me respondeu. Mas não foi uma mensagem muito simpática.

‹ NishiGirl

> A minha mãe quer saber se deve levar uma raquete de tênis ou se vocês têm raquetes extras no palácio para ela usar. Tente responder logo, porque estamos quase terminando de arrumar a mala.

> Espero que não tenha se transformado tanto numa princesinha a ponto de esquecer os antigos amigos.

Por que ela está me acusando disso? Sou a pessoa menos "princesinha" que conheço! Sou bem menos que as outras meninas da Academia Real da Genovia (com exceção de Komiko, que quase nunca fala, então é impossível dizer como ela é).

E por que ser uma "princesinha" é uma coisa ruim? A minha irmã é uma princesa e ela é ótima! Até mesmo conseguiu abrigo para todos os refugiados de guerra que chegaram aqui, e a Genovia é o menor país da Europa!

(Tudo bem, eles estão morando em navios. Mas isso é temporário. E quem não gostaria de viver num navio de cruzeiro? Eu gostaria. Navios têm piscinas imensas com escorregadores.)

É claro que ainda não temos espaço para todos os convidados do casamento que disseram que viriam. No jantar esta noite, soubemos da última contagem feita por Vivianne, a responsável pelos assuntos do palácio. Ela nos informou que tínhamos recebido mais de 550 confirmações embora só tenhamos enviado quinhentos convites!

É mais que o número máximo de pessoas que o salão de baile comporta! O chefe dos bombeiros não vai ficar muito feliz com isso.

— É tudo culpa daquela Bianca Ferrari — resmungou Grandmère. — Ela deve ter feito cópias das entradas da festa para entregar às amigas.

— Não teria como — disse Michael. — Eu me certifiquei de que as entradas fossem impressas com hologramas especiais para que não pudessem ser reproduzidas... a não ser que Bianca Ferrari tenha uma impressora 3D holográfica.

— Eu não duvidaria de nada vindo daquela mulher! — Grandmère deu uma bufada.

A amiga de Mia, Lilly, que vem a ser a irmã de Michael, comentou:

— E daí? É só colocar algumas mesas e cadeiras extras no jardim. Aí as pessoas podem pegar um drinque e umas entradinhas e ficar socializando na piscina.

Grandmère ficou horrorizada ao ouvir aquilo.

— Socializando? No banquete formal de um casamento real?

— Acho que vai dar tudo *certo* — disse a mãe de Mia. — Nos casamentos a que vou no Brooklyn, o clima é sempre "quanto mais gente melhor".

— Estamos na Genovia, minha querida — explicou Grandmère, ainda pasma. — Não no *Brooklyn*.

— Mas por acaso essas cinquenta pessoas extras foram examinadas pela Guarda Real da Genovia? — perguntou Tina, uma outra amiga de Mia, preocupada.

Papai desviou os olhos do celular.

— Boa pergunta. Foram?

— Não se preocupe com isso — disse a mãe de Mia, apoiando uma das mãos no braço dele. — Vai dar tudo certo. De verdade. — O trabalho da mãe da noiva é dizer a todos que tudo vai ficar bem. Helen Thermopolis é muito boa nisso.

— É claro, Vossa Alteza — afirmou Vivianne. — A segurança é a nossa maior preocupação. Tomaremos conta de tudo.

Foi o que *disse*.

Mas só porque Mia estava lá e não se deve estressar uma noiva que acabou de assumir o trono e está grávida de gêmeos.

Na verdade, ninguém está tomando conta de *nada*! E quando a minha irmã não está por perto, *todo mundo* começa a SURTAR.

° O empreiteiro que está instalando o palco no qual Boris P — o rock star internacionalmente famoso — deve tocar durante a festa diz que não há tomadas suficientes para todos os equipamentos que ele e a banda estão trazendo, e que a estrutura toda tem tão pouca firmeza que deve cair assim que Boris P pisar ali.

° Lilly e Lana, as amigas de Mia, disseram que não tem problema, porque Boris P namorava Tina e a traiu com outra menina, então agora elas o odeiam e acham que seria ótimo se o palco caísse com ele tocando.

Mas Shameeka e Ling Su, outras duas amigas de Mia (que também são madrinhas), acham que isso não seria nada bom porque Boris P (e outros) poderiam se machucar de verdade, além do mais acabaria com a festa. Há também motivos para crer que Boris P na verdade *não* traiu Tina e que pode ter sido um simples mal-entendido.

Então agora as madrinhas estão discutindo — só que baixinho entre elas, pois não querem que Mia descubra, afinal ela já está bastante "estressada".

Todas exceto uma amiga de Mia chamada Perin, que diz que vai ficar fora disso.

E Tina, é claro, porque ela não sabe o que está acontecendo.

- O chef Bernard disse que será humanamente impossível encontrar lagostas na Europa para tantas pessoas em um espaço tão curto de tempo;

- O rei de Lesoto precisa trazer o seu novo macaquinho de estimação com ele porque tem que o alimentar regularmente, e a equipe de limpeza do palácio *não* está muito feliz com isso;

° Houve um erro de digitação nos selos comemorativos e, em vez de *SAR Príncipe Michael*, ficou escrito *SAR Príncipe Michele*, então todos os selos precisarão ser destruídos e reimpressos.

Grandmère é a única que não está surtando (a não ser sobre a possibilidade de ter convidados socializando lá fora). Ela me mostrou os novos guardanapos roxos que chegaram hoje e realmente são *muito melhores* que os guardanapos cor de creme sem graça que a minha irmã tinha pedido. Ela vai ficar tão surpresa.

— Bom trabalho, Grandmère — falei. Temos que nos encontrar às escondidas no meu quarto para que Mia não nos ouça e estrague a surpresa. — Aliás, só para você saber, descobri hoje que iguanas estão ameaçadas de extinção.

— Aparentemente não no meu jardim!

— Eu sei. Mas não pode atirar nelas, mesmo que seja só para assustá-las e fazê-las irem para o jardim de Bianca Ferrari. Não pode transferir a responsabilidade do seu problema para outra pessoa.

Ela levantou as sobrancelhas.

— Onde você ouviu *isso*?

— De *você*, Grandmère. Você disse que é o que o papai está fazendo ao passar o trono para Mia assumir, quando reinar deveria ser responsabilidade dele.

Grandmère tossiu.

— Ah. Bem, talvez você esteja certa. Mas teremos que fazer *alguma coisa* com relação a essas criaturas odiosas, Olivia. Com todas as pessoas chegando, alguém vai acabar tropeçando em uma iguana e vai cair na piscina.

Pensei naquilo.

— Eu sei. Mas ainda temos alguns dias.

— Quatro. *Quatro* dias.

— É bastante tempo — comentei. — Muita coisa pode acontecer em quatro dias. Num único dia, eu acordei sendo uma menina normal e acabei como uma princesa.

Grandmère olhou para o teto.

— Muito bem. Boa noite, Olivia.

— Boa noite, Grandmère.

Acabei de responder Nishi:

> Temos muitas raquetes para a sua mãe usar, mas como estamos mandando um jatinho particular buscar vocês, não vejo motivo para que ela não traga a dela. Tem espaço de sobra.

> E para de me chamar de princesinha! Sou uma princesa e tenho orgulho disso, mas não sou metida. Se está me chamando de "princesinha" para me ofender, não é um insulto muito bom porque princesas são incríveis. Mal posso esperar para ver você e te mostrar o palácio. XOXOXOX

O mordomo-chefe está zangado novamente. Hoje, enquanto eu estava na aula, ele pegou Bola de Neve, no alto da mesa dos presentes, comendo um castelo de biscoito de gengibre que Mia e Michael ganharam de presente de alguma escola de crianças na Alemanha. Bola de Neve tinha lambido e arrancado grande parte das janelas de jujuba.

Ela está descontrolada! Não sei o que fazer a não ser deixá-la trancada no meu quarto o dia inteiro.

Mas isso parece cruel, pois ela adora visitar os empregados e fazer truques para os turistas.

Se ao menos eu pudesse mantê-la longe da cozinha. E dos presentes de casamento da minha irmã.

Eis o meu maior pesadelo:

Quarta-feira, 17 de junho, 9h25, Academia Real da Genovia, Sala da Madame Alain

Acabei de cometer um grande erro.

Não, não apenas grande. GIGANTESCO.

Mas a culpa é minha mesmo. Não posso culpar ninguém a não ser eu mesma.

Tudo começou quando entrei na sala de aula de manhã e vi que tinha um bilhetinho dobrado sobre a minha mesa. Eu sabia que era para mim porque por fora estava escrito:

Para SAR Olivia Grace

SAR significa Sua Alteza Real.

— Ahhhh, Olivia — brincou Marguerite. — Uma carta de amor!

É claro que ela estava brincando. Ninguém deixaria uma carta de amor na minha mesa (a não ser que fosse uma pegadinha).

E, no fim das contas, eu estava certa. Ao abrir o bilhete, vi que havia o desenho de uma menina dentro...

Mas não de uma menina qualquer!

Era eu!

Dava para perceber porque ela usava óculos e tinha os cabelos cheios e encaracolados puxados para trás por uma faixa. Só que a faixa tinha sido transformada em uma tiara (que eu não uso na escola). Além disso, a menina do desenho usava o uniforme da ARG com short, como eu.

Mas, diferentemente de mim, a menina tinha um bumbum muito, muito grande.

Essa foi a primeira coisa que me fez pensar que o "artista" (estou usando aspas na palavra *artista* porque não acho que a pessoa que desenhou isso é um artista de verdade) era o príncipe Gunther. Ou pelo menos alguém *fingindo* ser o príncipe Gunther, que já é conhecido por fazer desenhos de pessoas com bundões, como da Madame Alain.

Só que havia um balão vindo da boca da menina no desenho que dizia:

Oi, sou a princesa da Genovia. A minha irmã vai se casar, e eu me acho o máximo, mas não sei dançar, tenho cara de idiota e sou fedida. Ha ha ha cião kkk!

Só que pessoalmente não achei que havia nada ali que justificasse o "kkk". Na verdade, quando vi o desenho fiquei tão zangada que pude sentir o meu rosto queimar, embora tenha tentando não demonstrar para os outros o quanto estava irritada.

Mas pelo visto não funcionou, porque Marguerite perguntou:

— O que foi? O que tem no bilhete, Olivia?

— Nada — respondi, enfiando rapidamente o papel na mochila.

Só que não fui rápida o bastante, porque ela arrancou o papel da minha mão.

Logo em seguida o olhou e disse:

— Caramba, nossa! Isso é bem grosseiro. O que quer dizer cião?

— Nada! — gritei. — Deixe isso para lá! Me devolva!

— Ah, acho que quer dizer *alguma coisa*, sim — comentou Luisa, rindo.

Ela sabia muito bem.

Tentei pegar o papel de volta, mas claro que Marguerite não o devolveu, pois Victorine e as outras meninas estavam pedindo:

— *Me* deixa ver! *Me* deixa ver!

Então *a pior coisa do mundo aconteceu*.

O príncipe Khalil veio até a gente, arrancou o desenho das mãos de Marguerite e o segurou muito acima da cabeça de *todas* nós — o que fez com facilidade, porque ele é bem alto.

— Nãooooo — gritou Luisa. — Não olhe, Vossa Alteza!

Mas dizer aquilo teve o efeito oposto ao que ela pretendia. Porque, assim que se diz para alguém *não* fazer algo, automaticamente a pessoa vai querer fazê-lo ainda mais... Tipo dizer ao Rocky para não jogar coisas pelas escadas do quarto andar. Ele simplesmente não consegue evitar. Igual ao príncipe Khalil.

No momento que o olhar dele pousou no papel, ele franziu o cenho.

— *Cião?* — repetiu. — Essa palavra não existe.

Em seguida ele passou o bilhete para que *todos* os demais o vissem!

— Quem desenhou isso? — questionou ele. — Não é nada legal. Gunther, se parece com um dos seus desenhos. Foi você quem desenhou?

Depois que todo mundo viu o papel, eles começaram a rir... Não de um jeito exatamente maldoso. Não acho que estavam rindo *de mim*. Estavam rindo *do desenho* e do quanto era bobo. Não creio que alguém aqui ache mesmo que eu cheiro mal ou que tenha um bumbum gigantesco.

Fora a minha prima Luisa. Provavelmente.

Mas estou começando a pensar o mesmo dela.

Gunther gritou:

— Não! Isso eu não fiz não! O meu desenho é bem melhor do que esse!

O que na verdade é algo meio engraçado de se dizer, se você pensar bem.

— Ah, Gunther — disse Luisa, balançando a cabeça. — Óbvio que foi você. Veja, o traço tem *exatamente* o seu estilo. Tem mesmo que ser tão imaturo? E tão maldoso com Olivia, a mais nova princesa da Genovia?

Eu fiquei tão zangada ao ouvi-la dizer aquilo que quis gritar, o que piorou ainda mais quando o príncipe Khalil balançou a cabeça e comentou:

— Isso não foi maneiro, Gunther. Não mesmo.

Os olhos de Gunther se encheram de lágrimas. Eu andava tão ocupada tendo nojo que nem sabia que ele *tinha* sentimentos.

Mas acho que eu também ficaria chateada se o menino mais alto e mais bonitinho do sexto ano me dissesse que eu não tinha sido legal.

— Não! — exclamou Gunther. — Isso eu não fiz! Sei que desenho a Madame Alain com um bundão. Mas esse não! Isso eu não desenhei!

— Foi você, Gunther — disse Luisa. — E todos nós sabemos disso. Então é melhor admitir logo.

Mas eu sabia que *não* tinha sido ele, porque *Luisa* é a única pessoa que diz "cião" (além de mim, só que eu falei apenas uma vez e sem querer).

Não sei por que ela faria algo tão maldoso. Talvez porque a rainha Amina tenha dito que gostou do meu desenho e não deu a atenção devida para a história chata dela do vestido da festa com a saia que solta?

Ou talvez porque o namorado *faz de conta* de Luisa não goste dela de verdade?

É isso aí, vou dizer mesmo! Pronto: Khalil é o namorado faz de conta de Luisa porque até agora não vi nada que provasse que ele sequer gosta dela!

Mas que se dane. Sei que foi Luisa! E o que ela estava fazendo — acusando Gunther de ter desenhado aquilo, quando eu sabia que não tinha sido ele — não era justo!

— Luisa — comecei —, por que não...

Só que justamente naquele momento o Monsieur Montclair entrou na sala de aula com uma caneca de café quente nas mãos.

— Senhoras e senhores, que gritaria é essa? Dava para ouvir vocês do corredor. Isso está longe de ser um comportamento digno de jovens da realeza.

— Veja o que o príncipe Gunther fez, monsieur! — gritou Luisa, mostrando-lhe o desenho.

— Não — negou Gunther em desespero. — Não fiz isso!

O Monsieur Montclair deu uma olhada no desenho e disse, suspirando cansado:

— Príncipe Gunther, por favor, vá até a sala da Madame Alain. Os demais se coloquem nas suas posições de dança, pois a Mademoiselle Justine está a caminho.

Vi a expressão do príncipe Gunther desabar.

— Não! — disse ele. — Vai ser a minha terceira advertência! A Madame Alain disse que, se eu tivesse mais uma advertência, teria que voltar para Stockerdörfl. Daí os meus pais vão me matricular na Academia Real da Suíça.

Todos engasgaram de terror diante da possibilidade de um aluno da ARG ter que frequentar a ARS. Enquanto isso, Gunther pegou a mochila e seguiu sorumbático até a porta, com a cabeça baixa.

— Bem, *auf Wiedersehen*, pessoal — despediu-se ele.

Eu me senti tão mal por ele! Gunther não é a minha pessoa favorita no mundo nem nada disso. Sequer faz parte da minha lista de cinquenta pessoas favoritas.

Ainda assim, não o odeio nem acho que seja justo ele ficar encrencado por algo que não fez.

— Luisa — sussurrei, cutucando ela. — Sei que foi você quem fez o desenho! Por que fez aquilo?

— Para ajudar você, é claro — respondeu ela, arregalando os olhos inocentes. — Agora não precisa se preocupar com o Flexionador. Nem mesmo tem que aprender os passos da dança, afinal não tem mais um par, então não vai precisar participar. Viu? — Ela sorriu. — Sou uma verdadeira nobre, igual à sua irmã, que todos dizem que vai salvar a Genovia da ruína econômica. *Prego*, Olivia.

Prego quer dizer *Não tem de que* em italiano. Argggh!

— Luisa, quando eu precisar da sua ajuda, aviso, combinado? — Levantei a mão. — Hmm, Monsieur Montclair, posso me retirar?

Ele deu um gole no café, parecendo bastante entediado.

— Sim, princesa Olivia, pode se retirar. Mas da próxima vez lembre-se de usar o banheiro antes da aula começar, certo?

Mais argggh! Por que ele tinha de falar sobre ir ao banheiro na frente de todo mundo? Tipo do príncipe Khalil? Eu já não tinha sido humilhada o bastante por uma manhã?

De todo modo, agora estou na sala da Madame Alain... na verdade, na sala de espera, onde o assistente dela está jogando videogame no computador enquanto finge que trabalha.

O príncipe Gunther ficou totalmente surpreso ao me ver, o que é compreensível considerando que todo mundo acha que foi ele quem fez aquele desenho maldoso de mim.

— Princesa Olivia — disse ele. — O que está fazendo aqui?

— Sei que não foi você que desenhou aquilo, Gunther — expliquei.

— Mas... mas... como? — perguntou ele.

Eu não queria dizer *Porque* só a minha prima Luisa diz *cião*, afinal assim eu a entregaria.

Então, em vez disso, respondi:

— Simplesmente sei. Quando a Madame Alain chegar, vou dizer isso a ela.

O príncipe Gunther pareceu ainda mais surpreso.

— Você... você *vai*? Por que faria isso por mim?

Eu não podia acreditar que ele desconhecia o motivo.

— Porque, Gunther, esta é uma escola para a realeza. Devemos fazer a coisa certa. Quero dizer, ainda que não fôssemos membros da realeza, deveríamos dizer a verdade. E a verdade é que você não fez o desenho.

Ele baixou o olhar na direção do próprio colo, e achei que havia decepção no rosto dele.

— Ah — disse ele. — Pensei... Pensei que talvez você gostasse de mim ou algo assim.

ECAAAAAAAAAAAAAAAAAAA!!!!

O Flexionador acha que eu gosto dele!!!!!!!!!!!!

É isso que a gente ganha por tentar ser legal: um príncipe de cabelo verde e que atira meleca achando que você gosta dele.

E aí as coisas ficaram ainda piores. Porque, depois que consegui superar aquilo e não morrer, falei:

— Hmm, bem, não é isso exatamente, Gunther. É só que...

— Porque... — Ele olhou para cima e continuou: — Eu gosto de você *de verdade*. Você não é como as outras meninas da escola.

Eu não estava gostando do rumo daquela conversa.

— Bem, Gunther, isso é muito gentil, mas...

— Sim. Nós somos iguais. — Ele me mostrou os chinelos com meias que estava usando. — Você não tem medo de ser diferente. Usa shorts. E óculos. Não liga para o que os outros dizem. Acho isso legal.

ARRRRGGGGHH! O Flexionador acha que eu gosto dele e, pior ainda, o Flexionador gosta de mim porque ele acha que eu curto me vestir num estilo arriscado (o que é verdade, mas basicamente porque gosto de me vestir de forma confortável, a não ser que tenha que me arrumar para um compromisso oficial importante)!

Não! Não, não, não!

Estou tentando lembrar o que Grandmère e a minha irmã me ensinaram a responder em situações assim. Certamente deve haver alguma regra que os membros da realeza seguem quando alguém diz que gosta deles, mas eles não gostam daquela pessoa. Qual a coisa certa a se dizer?

Obrigada, mas não obrigada? Isso parece grosseiro.

Obrigada, mas gostaria apenas de ser sua amiga? Parece melhor.

A parte triste é que eu e Grandmère nunca chegamos a conversar sobre o que eu deveria dizer se um príncipe de cabelo verde e atirador de meleca dissesse que gosta de mim — e achasse que eu gosto dele também!

Porque nunca imaginei que algo assim pudesse acontecer!

AHHHHHHHHHHHHHHHHH!!!!

Quarta-feira, 17 de junho, 11h25, Academia Real da Genovia

Ufa! Ainda bem que *aquilo* passou.

Embora agora eu esteja pior do que antes, na verdade. Grandmère diz que, quando se está numa situação ruim e toma-se uma decisão que piora ainda mais as coisas, isso é chamado de "pular da frigideira para o fogo".

(Mas sempre que ela diz isso, o meu pai ri e comenta: "Mãe, por acaso você já cozinhou alguma vez na vida?".)

Ainda assim, foi justamente isso que eu fiz em relação ao príncipe Gunther... pulei da frigideira para o fogo.

Eu estava pronta para dizer a coisa mais educada na qual consegui pensar, que era "Bem, Gunther, gosto de você. Como AMIGO", quando a porta da sala da Madame Alain se abriu e ela finalmente chegou da sua reunião (só que eu notei que ela carregava várias sacolas de compras. A Genovia é conhecida por ter lojas ótimas, então posso entender querer sair para fazer compras, mas não sei se é certo que a diretora da escola — ainda que seja uma escola moderna para nobres — saia para fazer isso durante o horário escolar).

Então acabou que eu não pude dizer o que tinha pensado ao Gunther, pois, em vez disso, tive que falar com a Madame Alain que um tremendo engano havia ocorrido e que o príncipe Gunther era inocente.

— Não sei não — disse ela, olhando para o desenho que o Monsieur Montclair havia entregado para o assistente dela como prova do crime. — Com certeza SE PARECE com um desenho do príncipe Gunther.

— Bem, mas não é — afirmei, terrivelmente ciente de que o príncipe Gunther não parava de me encarar com olhos enormes e apaixonados, provavelmente planejando o NOSSO casamento real.

— Princesa Olivia — disse Madame Alain —, sei que está apenas tentando proteger o seu colega, porque quer tentar fazer parte da sua turma nova e não se importa de causar tumulto na sua primeira semana de aula, mas posso garantir que essa não é a primeira vez que o príncipe Gunther faz algo assim. Ele já tinha sido alertado que seria expulso caso o fizesse de novo.

— Mas eu não fiz nada! — gritou Gunther, virando os imensos olhos apaixonados para a Madame Alain.

— Príncipe Gunther — continuou ela, segurando o desenho na direção dele. — Por favor, não minta. Não é um comportamento digno de alguém da realeza. O seu pai ficaria muito decepcionado com você. Veja, isto aqui claramente é uma ilustração sua.

— Não é dele, Madame Alain — interrompi. Infelizmente, tive que fazer algo nada digno de um nobre. Respirei fundo e menti: — O desenho é meu.

Ela me olhou chocada.

— *Seu?* Está dizendo que desenhou *você mesma*, princesa Olivia?

— Sim. — Abri o meu caderno e mostrei alguns dos meus desenhos para ela. — Está vendo? Eu amo desenhar. Fiz esse desenho de mim mesma, Madame Alain, exatamente pelo motivo que você mencionou antes... para que as outras meninas da sala achassem graça, porque quero fazer parte da turma. A senhora sabe que não tem muito tempo que sei que sou da realeza, como outras alunas aqui, então só queria achar um jeito de fazer com que elas gostassem de mim.

— *Eu* gosto de você — disse o príncipe Gunther.

Argh!!!! Obrigada por *não* me ajudar, Gunther. Eu o ignorei.

— Por favor, por favor, não conte para o meu pai, Madame Alain — pedi. — Nem para a minha irmã. Pode contar para a minha avó se quiser. Ela não vai se importar.

— Ai, Vossa Alteza! — Ela parecia ainda mais chocada agora. — Isto... bem, isto é terrível. Se você se sentiu excluída da turma, deveria ter me procurado!

Sabe que estou disponível para conversar quando quiser, não sabe?

Hmm, a não ser quando está ocupada fazendo compras.

— Obrigada, Madame Alain — falei. — É bom saber disso. Podemos voltar para a aula então, por favor? Precisamos ensaiar. Quero me certificar de que a nossa surpresa de casamento para a minha irmã e o príncipe Michael seja perfeita.

— É claro! — A Madame Alain se levantou e apertou a minha mão. — E, por favor, se tiver qualquer outra coisa que eu possa fazer para que a sua estada na Academia Real da Genovia seja mais agradável, não hesite em me avisar.

— Hmm — respondi. — Certo, Madame Alain. Pode deixar.

Ufa! Nossa, como fiquei feliz quando saímos de lá.

Mas então tive que lidar com o príncipe Gunther, que me olhava como se eu fosse o carrinho de sobremesas que circula na hora do almoço. Não era uma sensação muito agradável.

— Princesa, não acredito que fez aquilo por mim — disse ele enquanto voltávamos para a aula. — *Nunca* ninguém fez algo tão legal por mim! As pessoas nessa escola... bem, elas não parecem ir muito com a minha cara. Acho que é por inveja dos meus bíceps sarados. Tá vendo?

Ele puxou a manga curta da camisa do uniforme para me mostrar os músculos. DE NOVO. O que ele faz basicamente umas cinco vezes ao dia.

Dessa vez, no entanto, estendi a mão para que ele parasse.

— Tá, OK, Gunther, olhe, já vi os seus bíceps sarados antes. Você os mostra para mim o tempo todo.

Ele pareceu um pouco decepcionado com aquela reação e puxou a manga da camisa de volta.

— Vou participar das Olimpíadas — comentou ele. — Porque nado muito bem.

— Eu sei — respondi. — Você já disse isso também. Gunther, precisa parar de repetir isso para as pessoas. Fica parecendo que você quer se exibir.

Daí ele congelou no meio do corredor, que fica a céu aberto então é repleto de videiras cobertas por flores e pequenos passarinhos cantando.

— Mas é verdade! — exclamou ele. — Eu *vou* mesmo para as Olimpíadas!

— Mesmo sendo verdade — expliquei — é melhor deixar que as pessoas descubram sozinhas os talentos que você tem em vez de ficar por aí se vangloriando deles. E mais uma coisa: quando você flexiona o braço na hora do passeio na dança, você interrompe a circulação sanguínea dos meus dedos.

Ele pareceu confuso.

— Mas meninas gostam de músculos definidos. Eu treino todos os dias com o instrutor mais exigente da Genovia. Ele é ucraniano e faz com que eu levante o dobro do meu peso.

— Isso é ótimo. Mas talvez deva guardar essas flexionadas para os exercícios com o seu treinador — comentei. — Porque se eu aparecer no casamento da minha irmã com a mão engessada, ninguém vai gostar. Aí, quando eu disser que foi culpa sua, o Comitê Olímpico vai descobrir e você estará encrencado.

Eu não fazia ideia se isso era verdade, mas pelo visto deu certo. A cara dele estava meio assustada, e ele respondeu:

— Me desculpe. Acho que não tenho noção da minha própria força.

— Acho que não mesmo. Eu deveria ter te falado isso antes.

— Sim — concordou ele. — Você deve me contar imediatamente se eu fizer qualquer coisa errada agora que é a minha namorada.

O QUÊ?????

— Gunther — falei —, não sou a sua namorada. Sou apenas uma menina que é também uma amiga.

— Não — disse ele, alcançando a minha mão enquanto atravessávamos o corredor em direção à sala do sexto ano. — Você me salvou e evitou que eu fosse expulso. Você gosta de mim. Eu sei que gosta! Então agora somos mais que amigos.

— Não — repeti, puxando a mão para longe dele. — Não, não somos. Somos apenas amigos, Gunther. Apenas amigos!

Ele riu como se eu estivesse inventando aquilo, ou sendo implicante, ou flertando, ou algo assim, o que NÃO era o caso.

AAARRRRRGGGGGHHH!!!

Adeus, frigideira. Olá, fogo.

Quarta-feira, 17 de junho, 15h35, estábulos reais da Genovia

Estou escondida no estábulo neste momento com Chrissy e Bola de Neve, porque é o único lugar onde as pessoas não estão correndo para lá e para cá, arrumando ou limpando tudo para o casamento, e eu precisava de um lugar para pensar. Tenho que escrever isso tudo ou vou ficar maluca. Não posso acreditar nisso. A minha vida é um pesadelo!

E Nishi vai chegar AMANHÃ, achando que a minha vida é algum tipo de conto de fadas com princesas, e NÃO é!

Bem, quero dizer, meio que é, se você for comparar com a vida da maioria das pessoas. Basicamente, a minha vida é muito, muito melhor do que era. Não quero parecer ingrata.

Mas essa coisa de ser princesa *não* é tão fácil como eu imaginava!

(Embora eu tenha que admitir que a comida compensa muita coisa. Ah, e as roupas. E ter bichos de estimação maravilhosos e viver com pessoas que realmente se importam comigo.)

Mas algumas delas se importam *demais*! O príncipe Gunther, por exemplo, que agora parou de tirar meleca e fazer barulhos de pum com a boca porque acha que serei namorada dele se agir mais como um príncipe.

Por mais que eu tenha garantido (do jeito mais delicado possível) que isso com certeza NÃO VAI

ROLAR! Não há nada que ele possa fazer para que eu queira ser a sua namorada. NADA. Só quero ser amiga dele.

Acho que amanhã, se ele ainda estiver agindo como um pombinho apaixonado, talvez eu tenha que pedir ao meu pai para ter aulas em casa... ou para ser transferida para a Academia Real da Suíça. Não quero magoar Gunther nem nada assim (já tive que o ver chorar uma vez hoje).

Só que NÃO quero que o príncipe Gunther seja o meu namorado. E não é por causa dos chinelos com meia ou do cabelo verde ou qualquer coisa assim. Eu simplesmente NÃO gosto dele desse modo.

E é claro que, assim que voltamos para a sala e começamos a dançar, Luisa percebeu a maneira como ele estava me tratando (sério, ninguém deixaria de notar: ele agora me segura como se eu fosse uma folha delicada que ele poderia acabar esmagando com um simples toque). Então ela se inclinou para mim e sussurrou:

— Cião, Olivia! Acho que *alguém* está a fim de você!

Como Luisa era culpada por tudo isso, eu lancei um olhar de reprovação na direção dela e sussurrei:

— Não está ajudando, Luisa.

— Por quê? — Ela fingiu que eu a tinha magoado, mas sei que isso não aconteceu porque a Lady Luisa não tem sentimentos. — Agora pode convidá-lo para a festa de casamento da sua irmã. Quer ter um par para dançar lá também, não quer?

ECA!

— Ainda não está ajudando, Luisa! — repeti ao passar novamente por ela na dança.

Ela apenas riu e saiu dançando.

Pelo menos não sou a única a notar. Luisa é tão cruel que até a princesa Komiko, que raramente diz alguma coisa, sussurrou para mim durante o almoço hoje:

— Não se deixe abater pela Lady Luisa, princesa. Ela é grossa com todo mundo.

— Mas por quê? — perguntei enquanto treinávamos usar os nossos garfos de peixe. — Ela é tão bonita. Por que precisa ser tão má?

— Ela não era assim — contou a princesa Komiko. — Mas aí os pais dela se separaram.

Eu quase engasguei com a salada de endívia.

— Os pais dela se separaram?

— Sim — afirmou ela. — No segundo ano. Depois disso, ela ficou bem cruel. Tudo bem que os meus pais também se divorciaram e eu não fiquei grossa assim com todo mundo, mas acho que afeta pessoas diferentes de maneiras diferentes. Pode me passar o sal, por favor?

Passei o saleiro para a princesa Komiko, pensando no que ela havia dito. Os pais de Luisa eram divorciados? Isso era horrível! Como nunca tive pais divorciados, não tenho ideia de como é passar por isso. A minha mãe morreu, mas mal tive a chance de conhecê-la. Com certeza é verdade que as coisas afetam pessoas diferentes de maneiras diferentes.

Mas ninguém deveria descontar os problemas nos outros.

Está vendo, por isso nunca fui tão fã dos contos de fadas quanto Nishi — principalmente as histórias de princesas. Ela acredita piamente que, quando terminam e dizem "E eles viveram felizes para sempre", é isso, é o fim, e todo mundo realmente vive feliz para sempre.

Contudo, isso não é verdade. A vida continua depois do fim. Coisas boas *e* coisas ruins. Você pode ser uma princesa como Komiko, cujos pais são divorciados. Ou pode ser uma princesa como eu, que escapou de uma menina malvada (tipo Annabelle, da minha antiga escola) e simplesmente acabou encontrando outra (a minha prima Luisa) na nova escola.

Para falar a verdade, quem (além de Nishi) sequer acredita em contos de fadas? Acho que algumas das histórias são OK, tipo a "Chapeuzinho Vermelho". Nunca é uma boa ideia conversar com estranhos, principalmente se eles forem lobos.

Mas algumas daquelas histórias nem fazem sentido! É fisicamente impossível dormir por cem anos! Você morreria de inanição.

E príncipes não podem realmente acordar ninguém com um beijo (a não ser que, na verdade, estejam fazendo respiração boca a boca).

Só que sempre que menciono essas coisas Nishi diz que não é essa a questão, e que todas essas coisas acontecem de forma mágica, e que eu simplesmente não estou preparada para ver a magia no mundo real.

Mas eu já vi, *sim*, magia no mundo real! Afinal de contas, me mudei do subúrbio de Nova Jersey para um castelo na Genovia, não foi?

Então o que será que Nishi vai dizer quando chegar aqui e descobrir que estou estragando tudo e possivelmente destruindo o final feliz de todo mundo?

E, tudo bem, talvez eu esteja exagerando um pouco — ninguém mordeu uma maçã envenenada e morreu nem nada assim.

Só que não acho que o meu plano de ajudar Mia com os problemas dela como um presente de casamento esteja dando certo, em parte por causa da minha prima Luisa, que também tem os próprios problemas.

Em vez de ajudar, estou criando *mais* problemas... especialmente considerando que esta tarde, quando cheguei da escola, o mordomo-chefe me contou que Bola de Neve havia roubado duas salsichas e um queijo brie da cozinha!

Um grupo de turistas encontrou parte do brie mais tarde na Ala dos Retratos. Estava atrás do busto do meu tataravô. Os turistas tiraram fotos e agora "Queijo para cachorro" é um dos principais assuntos da internet.

Eu gostaria de poder viver aqui nos estábulos com Chrissy e Bola de Neve. Tudo é tão calmo e agradável, e tem cheiro de feno.

Que é um cheiro bem bom depois que você se acostuma.

Mas, como expliquei ao Rocky quando ele quis voar para a lua, não é possível fugir dos próprios problemas... É preciso enfrentá-los, ou eles nunca se resolvem.

Então vou ter que voltar para a escola amanhã e encarar todo mundo — inclusive Luisa.

E o príncipe Gunther.

Ah, lá está Grandmère com os eletricistas, dizendo onde pendurar as luzes para a festa. Melhor eu ir ajudar.

Quarta-feira, 17 de junho, 19h35, Quarto real genoviano

!!!!!

UAU.

☺☺☺☺☺☺☺☺☺☺☺☺☺

OK, talvez as coisas estejam melhorando. Só um pouquinho.

Eu estava lá fora ajudando os eletricistas a trocarem as luzes brancas pelas roxas (o que precisa ser feito em segredo. Grandmère disse que será uma grande surpresa para Mia ver tudo e todos banhados por uma luz roxa suave) quando eu mesma tive uma surpresa.

O príncipe Khalil apareceu nos Jardins Reais da Genovia!

— O que *você* está fazendo aqui? — perguntei do alto da escada.

— O que *você* está fazendo aqui? — perguntou ele lá de baixo.

— Eu moro aqui — respondi.

— Certo — retrucou ele, com uma risada. — Desculpe, eu sei disso. O que quis dizer foi... o que está fazendo aí em cima?

— Ah — falei. — Ajudando a pendurar as lâmpadas para a festa de casamento da minha irmã. Será em dois dias e praticamente nada está pronto, então estou ajudando.

Eu poderia ter oferecido uma explicação mais longa — tipo a outra regra para membros da realeza que Grandmère tinha explicado mais cedo: "É melhor fazer você mesmo do que confiar em alguém para fazê-lo, só assim sabe que está sendo feito da maneira certa" —, mas de repente lembrei que estava usando o short do uniforme e não sabia se ele conseguia ver por baixo dele, então comecei a descer.

Fiquei surpresa quando ele se aproximou para segurar os degraus mais baixos da escada e firmá-la, mas não deveria ter ficado. É por causa desse tipo de gentileza que Luisa gosta dele.

— Obrigada — falei ao pular dos últimos degraus para o jardim. O meu tênis cor-de-rosa de cano alto produziu um ruído gostoso ao tocar o cascalho.

— Imagina — disse ele. — Então, fico feliz por a gente ter se esbarrado. Sobre o que aconteceu na escola hoje...

Ah, não! Aquela era a última coisa sobre a qual eu queria falar! Principalmente com ele.

— Ih — comentei. — Escutou isso? Acho que a minha avó está me chamando. Deve estar na hora do chá real. Desculpe, tenho que ir.

— Espere. — O príncipe Khalil se esticou para segurar o meu braço. — Eu só queria dizer que achei legal você ter dito que foi você quem fez o desenho para que o príncipe Gunther não fosse expulso da escola.

Parei de repente.

— Achou mesmo? Quero dizer, você acha mesmo?

— Sim. — Ele soltou o meu braço. — A maioria das garotas não faria isso.

Eu estava chocada. Não só porque o príncipe Khalil tinha segurado o meu braço e falado que eu era legal, mas porque ele DE FATO CHEGOU A NOTAR ALGO QUE EU FIZ.

Não que eu me importasse.

— Hmm — falei. Do nada, pareceu que todos os passarinhos do jardim estavam cantando mais alto que de costume e que o sol estava mais brilhante, o que não faz sentido algum porque eu nem gosto do príncipe Khalil. — Bom, o príncipe Gunther não fez aquele desenho, então eu estava apenas fazendo a coisa certa.

— É — concordou ele. — Mas não foi *você* quem desenhou também.

Essa conversa estava me deixando bem desconfortável, pois a última coisa que eu queria era falar com o príncipe Khalil sobre quem realmente havia feito aquele desenho, obviamente Luisa Ferrari, que secretamente queria namorá-lo.

— Bem — comecei. — Talvez não. Mas ainda assim não teria sido justo se o príncipe Gunther fosse expulso por uma coisa que ele não fez.

— Não — disse o príncipe Khalil. — Mas, se *ele* não fez o desenho nem *você*... quem foi?

— Hmm.— Achei que seria melhor distraí-lo. — O que *é isso*? — Apontei para a gaiola de arame que ele havia posto no chão enquanto segurava a escada para mim e que depois tinha pegado novamente.

— Ah, isso? — Deu certo! A minha estratégia funcionou! Ele segurou a gaiola no alto para que eu pudesse ver melhor. — É uma armadilha. Sou voluntário na Sociedade de Resgate de Répteis e Anfíbios da Genovia. Estamos aqui hoje para prender e realocar as suas iguanas.

Foi bom eu ter descido da escada. Caso contrário, teria caído lá de cima.

— *Mesmo?*

— Sim — confirmou ele, com os olhos escuros brilhando do mesmo jeito que tinham no refeitório da escola. — Contei aos meus amigos da sociedade os problemas que você me falou que estava tendo no palácio devido ao grande número de iguanas, e eles entraram em contato com a equipe de jardinagem e de segurança, que disseram que poderíamos vir montar essas armadilhas. Vamos realocar quantas iguanas conseguirmos para o campo de golfe da Genovia. Elas serão bem mais felizes lá e não vão incomodar ninguém.

— Uau! — exclamei. — Isso é, hmm, bem legal da sua parte.

— Ah, não é nada. — Ele deu de ombros com modéstia. — A sociedade fica feliz em ajudar. Preservar répteis e anfíbios, assim como educar a população sobre como esses seres são importantes para o meio ambiente, é o que fazemos. Sabia que sem tantas espécies de répteis algumas plantas não seriam polinizadas e aí certas pragas dominariam o ecossistema?

— Hmm — respondi. — Não, não sabia.

— Bem, é verdade. Onde posso colocar isso? — Ele mostrou a gaiola.

— Aqui — falei, e o guiei até a laranjeira que ficava abaixo da janela do meu quarto. Eu não via Carlos em lugar algum, mas sabia que ele estava por ali. Às vezes ele se esconde. — Só que você vai precisar de muitas gaiolas iguais a essa.

— Eu sei — respondeu ele. — Por isso a gente veio hoje. Vamos deixar montadas quantas armadilhas conseguirmos, e voltaremos de novo e de novo. Até o casamento acho que teremos capturado a maior parte delas.

Os pássaros nas árvores pareciam cantar ainda mais alto.

— Esse vai ser o melhor presente de casamento que a minha irmã vai receber — comentei. — Como não tenho dinheiro, eu vinha tentando pensar no que poderia dar para ela.

Ele sorriu.

— Nunca ouvi falar de alguém que tenha dado uma remoção de iguanas de presente de casamento, mas acho que seria um presente muito bom. E não só porque é de graça. Eu adoraria ser um especialista em remoção de iguanas quando crescesse, pois isso deixaria as pessoas realmente felizes e seria ótimo para as iguanas também. — Então o sorriso dele se transformou em uma expressão séria. — Mas não posso, claro.

Senti uma dor por ele, porque parecia tão triste.

— Por que não? Não existem iguanas na sua terra natal?

Ele me olhou como se eu fosse louca.

— Não, porque sou um príncipe.

— Ah, certo — respondi, envergonhada. — É claro! Não acredito que me esqueci disso. — Eu também havia me esquecido de que o país dele estava em guerra, por isso ele era aluno interno na ARG e os pais dele estavam vivendo na França. Provavelmente tinha sido insensível da minha parte ter tocado no assunto. Decidi mudar o rumo da conversa. — Sabe, eu quero ser ilustradora da vida selvagem. Acho que é possível fazer as duas coisas... ser da realeza e algo mais. A maior parte das pessoas faz mais de uma coisa.

— Quer saber — disse ele depois de deixar a armadilha que tinha acabado de armar no chão. — Eu nunca pensei nisso antes, mas você tem razão. Como o príncipe Gunther. Ele é da realeza, mas também é nadador.

Eu não estava gostando de como a nossa conversa sempre voltava para o príncipe Gunther, principalmente porque nem gosto dele... pelo menos não da mesma maneira que ele gosta de mim.

Mas chamar atenção para isso faria com que parecesse que eu na verdade gostava dele, então apenas disse:

— Isso, exatamente igual ao príncipe Gunther.

— Bem — disse o príncipe Khalil, observando a armadilha. — É algo a se considerar. Pronto, uma armadilha já está a postos. Agora só faltam mais umas cem.

Eu estava me sentindo tão feliz e grata por ele ter aparecido do nada e por estar sendo legal que queria fazer algo maneiro por ele... mas não conseguia pensar no quê. Não parecia muito apropriado alertá-lo sobre o plano de Luisa para que ele se tornasse o namorado dela na festa de casamento, sem falar na dança sob o luar e na ideia de forçá-lo a largar a paixão pela herpetologia.

Talvez ele *quisesse* namorar a Luisa. Sei lá.

Por isso, simplesmente falei:

— Bem, vou deixar você trabalhar então. Muito obrigada. Se você ou algum dos seus amigos da sociedade de herpetologia quiser entrar para tomar um suco ou algo assim, é só me procurar!

— OK. — Ele sorriu. Como eu nunca tinha reparado que ele tem um sorriso tão bonito? — Obrigado. Vejo você mais tarde.

— Até mais.

De algum modo, enquanto me afastava da laranjeira, consegui dar um jeito de não tropeçar em nenhuma raiz ou algo assim. Não sei como.

Ao ler isso agora, sei que está parecendo que gosto do príncipe Khalil, mas juro que não é isso! Ele é muito legal e tal, mas tenho problemas suficientes sem estar a fim de um príncipe, principalmente um príncipe que vem a ser o crush da minha prima Luisa.

Vamos dizer apenas que, se fosse para ficar a fim de um príncipe, provavelmente seria o príncipe Khalil. Ele é muito bem-educado, tem olhos bonitos e é gentil com iguanas.

Mas não estou a fim dele. Não *mesmo*.

Quinta-feira, 18 de junho, 8h30, Quarto real genoviano

Acabei de olhar o jardim, e todas as gaiolas têm uma iguana dentro! Bem, quase todas. Parece que Carlos havia "escapado da armadilha" (como Rocky gosta de dizer quando me obriga a brincar de Astronauta contra Velociraptor com ele).

Mal posso esperar para contar ao príncipe Khalil!!!!!

Não sobre Carlos. Sobre as demais iguanas.

É claro que ele não me deu o número do celular dele, então preciso esperar chegar à escola.

Mas estou muito empolgada!

Embora não possa dizer que algum dia achei que fosse ficar animada para contar a um garoto —muito menos a um príncipe — sobre a captura de um monte de iguanas no meu jardim.

Ninguém, além de Rocky e Grandmère, notou as gaiolas, porque todos da família ainda estão dormindo. Mais amigos de Mia (e a família inteira de Michael) chegaram ontem. Pude ouvi-los rindo e cantando praticamente a *noite inteira* depois de ir me deitar. Ao espiar pela janela, vi a minha irmã e Michael assim:

Casamentos certamente deixam as pessoas felizes, considerando toda a confusão que é preciso enfrentar para organizá-los.

Só Grandmère e Rocky estavam sentados à mesa do café da manhã quando eu desci. Ela baixou o jornal e perguntou:

— Por Deus, o que está havendo no nosso jardim, Olivia? Parece algo saído diretamente de um filme de ficção científica. E não um que eu me daria o trabalho de ir assistir.

— *Eu* iria — disse Rocky.

— São armadilhas para iguanas, Grandmère — expliquei. — O príncipe Khalil é membro da Sociedade de Resgate de Répteis e Anfíbios da Genovia.

Contei como o príncipe e os amigos dele montaram as armadilhas e como planejavam levar as iguanas para o campo de golfe da Genovia.

— Pfff — soltou ela. — Isso certamente vai ser uma surpresa para os jogadores de golfe. Bom, por favor, agradeça ao príncipe Khalil por mim. Ou talvez eu possa dar uma boa gorjeta a ele quando o encontrar. Acha que dez euros bastam? Melhor dar vinte. Ou talvez um euro por gaiola?

— Ah, não, Grandmère — falei. — O serviço é gratuito. Preservar répteis e anfíbios e educar a população sobre eles é tudo que a sociedade quer.

Grandmère levantou as sobrancelhas. No entanto, como ainda não estavam maquiadas, mal dava para notar.

— Não me parece muito empreendedor da parte deles... Mas creio que o príncipe tenha puxado ao avô dele. Um grande intelectual, porém péssimo com finanças. Foi assim que perderam a fortuna da família, sabia?

— O príncipe Khalil parece ser legal — comentou Rocky. — *Eu* quero fazer parte da Sociedade de Resgate de Répteis e Anfíbios da Genovia.

Grandmère se voltou novamente para o jornal.

— Por que não estou surpresa com isso?

Quinta-feira, 18 de junho, 9h30, Limusine real

Levei um baita susto quando cheguei à aula hoje:

O príncipe Gunther não estava de meias até o joelho nem de chinelos!!!

Vestia calças compridas, sapatos adequados e a gravata do uniforme. Além disso, a blusa dele estava perfeitamente passada e para dentro da calça, com as mangas desdobradas de modo que não estava exibindo os "bíceps sarados".

Para ser sincera, ele parecia... bem, parecia menos terrível.

Todas as meninas estavam comentando sobre a transformação, até mesmo a minha prima Luisa.

— Isso tudo é por sua causa! — sussurrou ela ao correr na minha direção. Para variar, não parecia zangada. Parecia animada. — Gunther mudou o visual porque *você* disse a ele para fazer isso!

— Eu? — Fiquei confusa. — Nunca disse a ele para...

Então, com alguma culpa, lembrei que havia dito, sim. De certo modo.

— Espere — refleti. — Nunca disse a ele para mudar o visual. Tudo que falei foi que parasse de tirar meleca e de fazer sons de pum. E de flexionar.

— Viu! — Luisa estava vibrando. — É, *sim*, por sua causa! — Ela se virou para Victorine e Marguerite. — Não falei?! Um homem faz mesmo o que for preciso pela mulher que ama!

Eu me senti meio enjoada. Não falei aquilo para Gunther parar de usar os chinelos. Embora eu precisasse admitir que a aparência dele tinha melhorado muito — e o cheiro também. Aqueles chinelos eram bem velhos.

— Queria que um menino fizesse algo assim por mim — comentou Victorine, com um suspiro.

Marguerite concordou:

— Não é? Ele está quase tão bonitinho quanto o príncipe Khalil!

Esperava que a Luisa fosse dizer algo como "Como ousa!" ou "Ninguém é mais bonitinho que o meu amado Khalil!".

Mas ela não disse nada. Estava encarando o príncipe Gunther e a transformação com olhos tão encantados quanto os das outras meninas!

Eu não podia acreditar.

Não que o príncipe Khalil tenha percebido, pois estava ocupado lendo mais um livro sobre répteis e anfíbios. Ele mal olhou para cima quando me afastei das meninas para dizer a ele que as gaiolas que a sociedade tinha deixado estavam cheias pela manhã.

— Ah, legal — disse ele. — Alguns membros da sociedade irão ao palácio para transportá-las até o campo de golfe. Depois vão voltar e armar as armadilhas de novo para vermos quantos mais conseguimos pegar.

— Ótimo! — exclamei. — Mais uma vez, muito obrigada por fazer isso.

— Fico feliz por ter ajudado. — Ele sorriu, e, embora eu goste dele apenas como amigo, preciso admitir que entendo por que Luisa gosta tanto dele.

Eu ia me virar para voltar à minha mesa quando *a pior coisa do mundo aconteceu.*

O príncipe Gunther rapidamente se aproximou, fez uma reverência e puxou a cadeira para que eu me sentasse (como homens cavalheiros costumam fazer para as damas, só que NÃO NA SALA DE AULA NA FRENTE DE TODO MUNDO).

Em seguida ele disse:

— Bom dia, Vossa Alteza Real.

ARRRGGGGHHHHH.

Mas todas as meninas da turma *amaram* aquilo. Elas deram risadinhas e bateram palmas, até a princesa Komiko fez isso. Até Luisa.

— Hmm — falei. — Bom dia, príncipe Gunther.

Eu basicamente queria morrer ali mesmo. Embora Grandmère tenha dito que é humanamente impossível morrer de vergonha. Infelizmente.

— Espero que esteja tendo um dia agradável — continuou ele.

— Estou, sim — respondi. — Espero que você também esteja.

— Estou, *sim* — confirmou ele.

— Ótimo — concluí. Ele estava se inclinando na minha direção! E não ia embora!

— Ótimo — ecoou ele. — Notou algo diferente em mim?

— Sim — afirmei. — Não está usando chinelos.

— Sim — disse ele. — Fiz isso por você.

— Uau! — exclamei. — Legal. Acho que deveria ir se sentar. O Monsieur Montclair já deve estar chegando.

— Tudo bem — disse o príncipe Gunther, abrindo um sorrisão. — Estou muito feliz por vê--la nesta manhã.

— Ótimo — respondi. — Mas ainda somos apenas amigos, lembra?

— Sim — confirmou ele, ainda sorrindo. — Foi o que você me disse ontem. E eu não esqueci. Mas você é a minha *primeira* amiga na escola! Ninguém nunca foi legal assim comigo. Ontem à noite, enquanto falava com os meus pais ao telefone, contei sobre você, e eles querem convidá-la para ir nos visitar em Stockerdörfl no verão.

— Uau! — exclamei. — Que ótimo. Vamos ver.

Grandmère diz que, quando não queremos fazer alguma coisa, basta dizer, Ótimo. Vamos ver! Porque desse modo você não está realmente dizendo nem sim nem não. Está dizendo: *Na verdade, sou uma pessoa muito ocupada e preciso conferir com a minha secretária real. Mas dou um retorno assim que possível.*

— Você vai gostar muito de Stockerdörfl — continuou Gunther. — Somos conhecidos por termos excelentes pistas de esqui.

Luisa acabou ouvindo tudo aquilo e começou a rir.

— Aposto que Olivia já esquiou muitas vezes.

Ela é muito mala.

— Nunca esquiei, na verdade — falei. — Mas adoraria aprender.

Não. Na verdade, não adoraria. Tenho tempo apenas para um hobby, que é desenhar. Só tinha dito aquilo porque Luisa estava sendo superirritante.

Mas foi a coisa errada a se dizer, pois fez com que o príncipe Gunther ficasse mega-animado.

— Verdade? — perguntou ele. — Posso ensinar você a esquiar! Sou tão bom no esqui quanto na natação!

Ah, não.

Em seguida, GRAÇAS A DEUS, a porta da sala se abriu.

Mas, em vez do Monsieur Montclair, quem entrou foi a minha guarda-costas, Serena.

A princípio pensei que ela estivesse lá para dizer ao príncipe Gunther que se afastasse de mim devagar, afinal seguranças são treinados para isso.

Só que, em vez disso, ela carregava o meu celular (não temos permissão para ficar com os celulares na escola — a não ser que a gente entre com ele escondido, como Luisa —, então devemos deixá-los com os nossos seguranças, que somente devem entrar em contato com a gente no caso de alguma emergência).

E imaginei que tivesse acontecido alguma coisa quando vi Serena vindo com o celular na minha direção. O meu coração deu um salto duplo conforme me levantei.

— Ah, não — falei. — Aconteceu alguma coisa?

Algo com o meu pai? Será que tinha tido um enfarte por causa de todo o estresse dos custos elevados do casamento e da fundação que estava ruindo? Ou foi alguma coisa com Grandmère? Será que algo tinha dado errado com o tingimento roxo? Ou será que era uma coisa ainda pior... com a minha irmã e os bebês?

— Não, não — respondeu Serena. — É a sua amiga, Nishi. Esqueceu que ela chega hoje? Ela e a família acabaram de pousar no aeroporto da Genovia.

Quinta-feira, 18 de junho, 15h30, Piscina real

Nishi chegou!!!!!

Mal posso acreditar, mas é verdade, porque ela está bem aqui, sentada ao meu lado na espreguiçadeira listrada de azul e branco, usando um dos cinco biquínis que trouxe enquanto aproveita o sol da Genovia (com protetor solar 50, um imenso chapéu e óculos escuros enormes, e bebericando suco de laranja genoviano enquanto faz carinho em Bola de Neve).

Não estamos mais brigando, e até esqueci por que estávamos brigando.

Quando a vi descendo os degraus do avião, corri pela pista do aeroporto para dar um abraço enorme nela, e ela me abraçou de volta. Acho que nunca fiquei tão feliz por ver alguém em toda a minha vida (com exceção de quando conheci o meu pai).

Sou uma pessoa horrível. Não posso acreditar que esqueci que Nishi e a família dela chegavam hoje! Embora algumas coisas *tenham* realmente ocupado a minha cabeça.

Felizmente, não só Mia lembrava, como mandou Serena me tirar da aula.

Mandei uma mensagem para ela da limusine a caminho do aeroporto:

> Posso mesmo faltar aula hoje para passear com Nishi???

Claro. É o que uma anfitriã gentil deve fazer! Ainda que, por algum motivo, a Madame Alain esteja insistindo para que você esteja na escola amanhã, o que definitivamente não será possível com a nossa agenda.

Ops.

> Bom, eu meio que preciso estar na escola amanhã das onze ao meio-dia. E você e Michael também.

O quê? Por quê?

> Não posso contar. É uma surpresa. Mas não está na sua agenda?

A minha irmã (e provavelmente todos que trabalham, não apenas princesas) recebe no início da semana uma relação de compromissos impressa, mostrando exatamente onde ela deve estar e o que deve estar fazendo praticamente a cada hora de cada dia, de segunda a domingo.

Mas, como eu disse, organizar uma festa para quinhentas pessoas — 550 agora — é muito difícil, ainda que as coisas estejam começando a dar certo! Notei que os mordomos desceram toda a prataria pela manhã e que os empreiteiros finalmente terminaram de montar o palco no qual Boris P vai se apresentar. Certamente não vai desabar. Todas as madrinhas — com exceção de Tina — subiram nele e ficaram pulando para garantir. Somente a irmã de Michael, Lilly, pareceu decepcionada quando o palco não caiu.

◄ SAR Princesa Mia Thermopolis "FtLouie"

Tudo que tenho na minha agenda para às 11h amanhã é um horário no salão com o Paolo. Vai ser quando todas nós, inclusive você, Nishi e Luisa, vamos fazer pé e mão antes da prova final dos vestidos, depois temos o ensaio.

Eita! Eu devia saber que o meu pai anda tão distraído com tudo que não ia se lembrar de informar o escritório de Mia do recado da Madame Alain sobre a nossa apresentação surpresa.

OlivGrace >

Manicure/pedicure! Vai ser ótimo!

Na verdade, não vai. Não com Luisa lá também. Mas sei que tenho que agir como se gostasse dela porque ela é minha prima, além de ser dama de honra como eu. E damas de honra não devem brigar entre si, pois não se trata delas nem dos seus sentimentos particulares. O que importa é a noiva!

Mas será que podemos fazer a mão e o pé em outro horário? Porque algo MUITO ESPECIAL vai acontecer na ARG neste mesmo horário. O papai disse que incluiu no seu calendário e que você estava ciente.

Algo muito especial na ARG? Estou curiosa! Nesse caso, acho que podemos incluir isso sim. Se divirta com a sua amiga!

Vou sim!

Então agora eu e Nishi ESTAMOS nos divertindo! Como eu não me divertia havia muito tempo.

É tão estranho vê-la no palácio, pedindo para sentar no trono (foi a primeira coisa que quis fazer), vendo os presentes de casamento (a pilha de presentes está cada vez mais alta) e espionando os turistas (participamos de um tour pelo castelo e não perceberam quem a gente era. Tudo bem, é verdade que a gente estava usando bonés de beisebol bordados com *Visite a Genovia!*). Ela já postou um monte de selfies nossas nas redes sociais para que as meninas em Nova Jersey pudessem ver.

— Elas vão ficar com tanta inveja! — repete ela sem parar.

Acho que fiquei preocupada com ela pensar que eu não vivo um conto de fadas à toa. Ela está achando tudo incrível. Amou Chrissy, o meu quarto e até mesmo o meu *closet*.

— O seu closet é maior que o meu quarto inteiro! — exclamou ela. O que é verdade.

Ela ficou ainda mais animada depois de ver que, enquanto almoçávamos, empregados foram até o quarto dela, desfizeram as malas, passaram todas as roupas e as penduraram no armário.

— É claro — comentei. — Fazem isso para todos. A não ser que você traga um macaco.

Nishi acha que a minha vida é a mais glamorosa e maravilhosa do mundo inteiro.

E meio que entendo por que ela pensa assim. Nishi não sabe que o príncipe Gunther quer ser o meu namorado (o que não é nada bom) nem que Luisa tem sido tão cruel.

Eu poderia contar essas coisas para ela, mas por quê? Depois de amanhã nada disso terá importância, pois as férias de verão vão começar. E não terei que ver nenhuma dessas pessoas novamente antes do outono (bem, com exceção do príncipe Khalil e de Luisa, Marguerite e Victorine no casamento).

Mas Luisa não vai poder ser malvada comigo na frente de Grandmère. E meio que não me incomodo de ter que ver o príncipe Khalil de novo.

Só preciso sobreviver à apresentação amanhã, e tudo vai ficar bem!

Então vou fingir que nada disso está acontecendo e ficar de férias, como Nishi, pelo restante do dia.

Sexta-feira, 19 de junho, 11h00, Pátio da Academia Real da Genovia

Bom, definitivamente não estou mais de férias.

Quando eu e Rocky saímos para a escola de manhã (vamos no mesmo carro agora), havia tantos repórteres, carros de reportagem e turistas acampados em frente ao palácio na esperança de ver algum membro da realeza ou alguma celebridade que irá comparecer às festividades de amanhã que a Guarda Real da Genovia teve que sair a cavalo para afastá-los dos portões para que estes se abrissem!

Parece que agora tem *ainda mais* gente e carros de reportagem reunidos em torno do palácio do que mais cedo, então a caravana real que está trazendo Mia e Michael até a escola para assistir à nossa performance de "Todos os caminhos levam à Genovia" está atrasada.

Não sei por que casamentos reais deixam as pessoas tão loucas.

E ainda faltam 24 horas para a cerimônia!

É uma pena que Nishi esteja perdendo tudo isso. Ela não acordou a tempo de pegar a limusine. A mãe dela disse que ela ainda está se adaptando ao fuso horário, mas acho que talvez a gente tenha exagerado no primeiro dia dela na Genovia. Não só fomos a *todos os lugares* do castelo, montamos em Chrissy, nadamos, conversamos por horas e comemos uns três quilos de doces genovianos — *cada uma* —, como a minha irmã e as amigas se juntaram a nós na piscina para a "despedida de solteira" dela, que rolou por horas... até tarde da noite, aliás. Eu ainda conseguia ouvi-las rindo e caindo na piscina quando fui me deitar, o que foi bem depois de Nishi acabar adormecendo na espreguiçadeira sem nem ter jantado. A mãe dela teve que pedir ao Lars, o segurança de Mia, para pegar Nishi e carregá-la no colo até o quarto, porque ela estava preocupada que a filha pudesse pegar um resfriado por causa do biquíni molhado. (O pai de Nishi não pode carregá-la, pois tem problema de coluna.)

A minha irmã prometeu que, se Nishi se arrumasse a tempo, ela poderia vir com Mia e Michael até a escola para "a surpresa".

Embora, na verdade, não tenha problema se Nishi não vier. Ver tantas pessoas gritando animadas do lado de fora da limusine é uma coisa.

Mas me ver com os trajes típicos da Genovia é outra bem diferente. Talvez seja melhor se Nishi não vir isso. Talvez seja melhor se *ninguém* vir isso. Talvez seja melhor se Mia e Michael tiverem que dar meia-volta para retornar ao palácio por causa do trânsito terrível, e a apresentação toda for cancelada!

Sei que é péssimo escrever e até mesmo sentir isso, mas é sério! Isso vai ser um desastre!

Rocky e eu guardamos os nossos trajes típicos na escola para não estragar a surpresa, mas agora estou pensando se isso foi mesmo uma boa ideia, porque, se eu tivesse mostrado esse *dirndl* para Francesca, a minha *personal stylist*, ela poderia ter ajustado a roupa para caber melhor em mim. Está bem mais apertada do que quando a experimentei pela primeira vez e a saia bufante pinica muito!

Mas um membro da realeza nunca deve se coçar em público.

Não sou a única que está se esforçando para não se coçar. *Todas* as meninas estão sofrendo com a saia, principalmente porque tudo que estamos fazendo é esperar aqui sentadas.

Não é justo, pois os meninos parecem bem confortáveis com os *lederhosen*... até mesmo Rocky, que fez um escândalo por causa da roupa! Ele está parecendo um elfo. Todo mundo está comentando! Como é o último dia de aula e também uma ocasião especial e, além disso, a caravana está atrasada, Madame Alain nos deixou usar os celulares (só até a chegada "da princesa e da sua comitiva" e se prometêssemos não estragar os trajes tradicionais).

Todas as meninas querem tirar selfies com Rocky, até mesmo as meninas do ensino médio. A rainha Amina chamou ele de "adorável" e o ergueu bem alto no ar.

E Rocky nem ligou! Sei disso porque ele não disse uma palavra sobre peidos ou dinossauros (mas é possível que isso se deva ao fato de agora ele ter voltado toda a sua atenção para iguanas).

A única pessoa que se incomodou foi Luisa.

— Nojento! Ele nem é nobre! — murmurou ela.

Isso me deixou furiosa, mas resolvi não dizer nada porque estou tentando ser mais compreensiva e tolerante com Luisa agora que sei sobre os pais dela. Se tem uma coisa que aprendi desde que me tornei princesa é que ser amável e gentil com os que são menos afortunados que você é importante. E geralmente a sua gentileza será retribuída através de gestos gentis de outras pessoas — como a ajuda do príncipe Khalil com o problema das iguanas no palácio.

Então quem sabe o tipo de gente malvada, mandona e esnobe, como Luisa, aprenda e comece a tentar ser mais parecido com a pessoa que eu gostaria.

No entanto, na verdade, não tenho muita certeza de que esse plano está funcionando. Luisa nem parece ter *percebido* o quanto sou gentil com todos, muito menos com ela.

E acho que posso ter sido um pouco gentil *demais* com o príncipe Gunther. Não importa o número de vezes que digo a ele que somos apenas amigos, ele ainda acha que há uma chance de eu mudar de ideia sobre visitá-lo em Stockerdörfl.

— *Lederhosen* é o que usamos normalmente lá — contou ele para mim enquanto Victorine nos fazia posar juntos para uma foto. — Para o lazer e para praticar esportes. Por isso me sinto tão confortável com essa roupa. Quando vier me visitar no verão, princesa Olivia, você vai ver.

Arrrgggghhhhh!

Victorine achou isso muito engraçado. Ela e Marguerite cismaram que o príncipe Gunther está "muito gato" de short e suspensórios.

Luisa disse que o príncipe Khalil está mais gato. Eu disse que não era uma competição, pois é importante para uma princesa ser diplomática.

Mas eu estava mentindo. É claro que o príncipe Khalil está mais gato! Ele é definitivamente o menino mais bonitinho do sexto ano. (Não que eu goste dele. Só estou dizendo isso de um ponto de vista artístico: o príncipe Khalil é mais bonito que o príncipe Gunther. E, claro, o príncipe Khalil não tem cabelo verde.)

Então seria ótimo se o príncipe Gunther (e a minha prima Luisa) parasse de me constranger na frente dele.

Continuo não querendo magoar o príncipe Gunther e tal, mas não existe a menor possibilidade de visitá-lo em Stockerdörfl no verão.

Portanto, em resposta ao convite dele (feito pela *terceira vez*), eu disse:

— Não sei, príncipe Gunther. A minha irmã vai viajar em lua de mel e me pediu para tomar conta do gato dela, o Fat Louie, enquanto ela estiver fora. E ficará fora por um bom tempo... duas semanas.

— Ah — disse ele. — Bem, na volta dela então...

— Sim, mas aí será a coroação formal dela, quando vai aceitar o trono do meu pai. É um evento megaimportante e obviamente tenho que estar aqui para *isso*.

— É claro — concordou ele. — Mas então depois disso...

— Bom, depois disso, ela será mãe de gêmeos e provavelmente terei que ajudar a cuidar deles, além de governar o país enquanto ela estiver de licença maternidade etc. Vai ser muito difícil eu conseguir viajar. Mas talvez possamos nos escrever em vez disso.

Ele pareceu meio surpreso, porém de um jeito bom.

— Escrever? Tipo cartas? Amo escrever cartas! Sou muito bom em escrever cartas. E mandar mensagem de texto. Talvez a gente possa fazer os dois!

Então terei que escrever cartas (e mandar mensagens) para o príncipe Gunther durante as férias de verão.

Mas não me importo. É melhor que ir visitá-lo.

— Ótimo — falei. — Bom, adeus. — Estendi a mão para cumprimentá-lo.

— Adeus? — Ele pareceu surpreso de novo, mas dessa vez não de um jeito bom. — Por que adeus?

— Porque depois da apresentação provavelmente terei que sair correndo daqui — expliquei — para começar a me preparar para o casamento da minha irmã. Então é melhor nos despedirmos logo.

— Ah — disse ele, segurando a minha mão. Felizmente, por causa do sermão que dei sobre flexionar menos os músculos, ele não transformou os meus dedos em salsichas. — *Auf Wiedersehen*, Vossa Alteza.

— *Auf Wiedersehen* — respondi.

UFA. Que bom que isso acabou. Principalmente porque a caravana chegou! Mal posso esperar pelo fim dessa apresentação para que eu possa:

- Ir para casa fazer pé e mão com Nishi e a minha irmã;

- Não ter que voltar à Academia Real da Genovia pelo restante do verão;

- Finalmente tirar essa roupa ridícula;

- Nunca mais cantar "Todos os caminhos levam à Genovia";

- Nunca, jamais dançar de novo com o príncipe Gunther;

- Nem o ver de novo até setembro.

OBA!!!!!

Sexta-feira, 19 de junho, 14h30, Palácio Real da Genovia

Bom, isso *não* foi nada legal.

Ou, na verdade, o problema é que foi legal *demais*.

Porque a minha irmã amou a apresentação da ARG de "Todas as estradas levam à Genovia".

Gostou tanto que convidou todos os alunos (e professores) da escola para a festa de casamento dela, na qual ela "realmente espera" que apresentemos mais uma vez "Todas as estradas levam à Genovia", pois essa é agora a música favorita dela.

A Madame Alain disse que isso é uma "grande honra".

Sinceramente, não concordo.

Não que eu ache que a minha irmã não tenha gostado muito da apresentação. Sei que Mia gostou. Quando me aproximei dela logo em seguida, ela estava chorando de tanta emoção.

— Ah, não — gritei. — O que aconteceu? — Achei que ela tivesse prendido o dedo na porta ou algo assim. As portas na ARG são muito antigas e pesadas, assim como as portas do palácio. Seria fácil esmagar o dedo em uma delas.

Mas não era nada disso. Mia me segurou, me abraçou e disse:

— Foi a coisa mais engraçada, quero dizer, incrível, que já vi na vida! Vocês estavam tão bons!

Então vi que ela estava rindo! E Michael também.

Os dois *estavam chorando* de tanto rir.

Não sei o que da apresentação fez os dois rirem "Todas as estradas levam à Genovia" é uma canção bem séria. Não deveria ser engraçada.

Mas que bom que eles gostaram, afinal era o presente de casamento deles.

Só que agora eu vou ter que cantar — e dançar — tudo de novo. E todo mundo da escola vai estar na minha casa... exatamente como o meu pai disse que aconteceria!

Inclusive Gunther.

E sei que é uma casa bem grande (um castelo, na verdade), com muitos quartos nos quais posso me esconder se precisar, mas eu não estava planejando ter de me esconder, muito menos no casamento da minha irmã. O que eu queria era me divertir!

Para piorar tudo ainda mais, Luisa acabou de mencionar que Gunther pode me chamar para dançar com ele na festa.

— E não essa dança genoviana tradicional, Olivia — implicou ela —, mas uma música lenta sob o luar nos jardins reais.

— Aaaaahhhh — disseram Marguerite e Victorine, caindo na gargalhada em seguida.

Eu realmente não consigo ver o que tem de tão engraçado nisso, embora eu seja de Sagitário e teoricamente a gente veja o lado positivo das coisas.

Mas pelo visto não tenho escolha. Estamos nos jardins neste exato momento enquanto esfregam sais aromáticos nos nossos pés e mãos, e pintam as nossas unhas de cor-de-rosa. É claro que eu queria fazer as unhas amarelas com bolinhas roxas, mas precisamos fazer o que Paolo, o consultor de moda, mandou.

E ele disse que devemos pintar as unhas de cor-de-rosa para que todas nós estejamos combinando amanhã na televisão.

No entanto, cada uma vai fazer um penteado diferente, com flores enfeitando os cachos.

— Porque cada mulher é única — explicou Paolo. — Como uma flor.

Gostei disso. Estou me perguntando que tipo de flor eu sou. Acho que sou uma margarida. Margaridas são alegres, porém confiáveis.

Não disse nada para a minha irmã sobre como convidar todo mundo da escola para o casamento talvez não tenha sido a melhor ideia (embora eu ache que foi bem ruim), porque Mia está sentada bem aqui e, pela primeira vez na semana toda, está de bom humor e eu não quero dar mais motivos para que ela se estresse.

Acho que é uma coisa ser chamada de "a noiva-princesa mais linda do mundo", pelo RankingdaRealeza.com, mas é outra bem diferente *ser* uma noiva-princesa e ter que lidar com gente dizendo: "Princesa, nós não temos escolas para todas as crianças refugiadas agora que elas já têm casa. O que devemos fazer?" ou "Princesa, não temos comida suficiente para todos os convidados do casamento. O que devemos fazer?".

Quando fui tirar Bola de Neve da cozinha (eu *sabia* que ela estava lá! Felizmente, consegui alcançá-la antes que alguém notasse... Agora vou deixá-la na coleira ao lado da minha espreguiçadeira), pude ouvir o chef Bernard surtando.

— Acabei de receber o último lote de lagostas de todo o Sul da Europa! — gritava ele. — Como vou fazer isso render para alimentar *setecentas pessoas*? Como? Como?

Eu sei que Mia achou que estava fazendo uma coisa gentil ao convidar todos da ARG para a festa, principalmente depois de ter se emocionado tanto com a nossa apresentação tocante de canto e de dança.

Mas nem todo mundo está feliz com isso. Por exemplo, o chef Bernard. Ou eu.

Bom, paciência.

Acho que não é essa a questão, não é? E sim

espalhar alegria pela nação. O príncipe Gunther está superfeliz. Ele já me mandou três mensagens enquanto *estou escrevendo isto* para dizer como está animado:

< SAR Príncipe Gunther   **OlivGrace >**

> Princesa Olivia, quando a gente se encontrar amanhã, tenho uma surpresa que acho que você vai gostar!

> Obrigada, Gunther, isso é realmente muito gentil da sua parte. Mas não precisa fazer isso.

> Não, eu quero fazer isso, porque você tem sido muito gentil comigo.

Ah, não! O que pode ser essa surpresa?

Acabei de mostrar a mensagem para Nishi e ela já começou:

— Owwwnnnn! Eu quero um príncipe que faça uma surpresa PARA MIM.

— Eu sei o que é — comentou Luisa da espreguiçadeira dela. — Esquis! — Então ela, Victorine e
Marguerite começaram a rir bem alto.

— Pare, Luisa — falei. — Não são esquis.
Pelo menos, espero que não.

— Do que vocês estão rindo, meninas? — perguntou a amiga da minha irmã, Tina.

— Nada — respondemos todas ao mesmo tempo,
afinal de contas não parecia muito principesco falar
sobre meninos na frente de adultos.

— Ah — disse ela. — Achei que pudesse ser sobre Boris P. Sabiam que ele vai chegar aqui a qualquer momento? Não que eu me importe.

Foi ótimo ela ter dito isso, pois distraiu as outras
meninas e Luisa do que estava rolando entre Gunther
e eu. Todas começaram a falar, soltando gritinhos
agudos, sobre Boris P, porque pelo visto ele é um
cantor de rock superfamoso até mesmo na Genovia,
onde geralmente as pessoas estão mais interessadas
em membros da realeza do que em estrelas do rock.

Pelo menos pessoas como Grandmère. Eu me
sinto meio mal por não termos convidado os pais
do príncipe Gunther para o casamento.

Mas ele disse (em outra mensagem que me mandou! Já é a quarta!) que eles não poderiam vir, pois estão em um retiro de ioga na Índia. Ele ia ter que ficar na escola durante todo o fim de semana de qualquer forma, porque os pais não vinham buscá-lo antes de segunda-feira, em parte por ainda não terem voltado para casa, mas também por terem ouvido falar que o trânsito para entrar e sair da Genovia estaria caótico com o casamento. Já tinham espalhado comunicados sobre isso por toda a costa!

Pobre Gunther!

No entanto, quando comentei isso com Grandmère agora há pouco (sobre o alerta do trânsito), ela ficou *animada* em vez de preocupada. Começou a se gabar disso para qualquer um que quisesse ouvir, gesticulando tanto que Rommel, deitado no colo dela enquanto ela fazia as unhas, quase caiu no chão.

— Engarrafamentos ao longo da costa! — gritou ela para a mãe de Michael, a Dra. Moscovitz, que estava numa espreguiçadeira ao lado de Grandmère. — Ouviu isso? Engarrafamentos na costa!

— Ah! — disse a Dra. Moscovitz, aparentando perplexidade. — Isso é bom?

— É claro que é! — comemorou Grandmère. — É maravilhoso! É espetacular! Mais engarrafamento significa mais dólares de turistas para a Genovia! Esse casamento vai salvar o país da ruína financeira!

— Ah — disse a Dra. Moscovitz, sorrindo. — Que ótimo. Fico feliz pelo meu filho poder ajudar.

Estou contente por ver Grandmère com o humor tão bom.

E as coisas só vão melhorar mais, pois o Sebastiano adorou a ideia dela de tingir todos os vestidos das damas de honra e das madrinhas de roxo. Ele acabou de vir até a piscina e disse:

— Olhe só quanta mulher boni! Estão parecendo as sereias na gruta de cristal! — (O meu primo Sebastiano, que é estilista, fala tanto inglês quanto eu falo italiano e é bem comum ele se lembrar apenas das primeiras sílabas das palavras.)

Luisa, Victorine, Marguerite, Nishi e as amigas de Mia perguntaram a Sebastiano se os vestidos estavam prontos, e ele respondeu:

— *Si* — (sim em italiano). — Estão prontos e ainda mais boni do que vocês lem!

Então o vi piscando para Grandmère, que apenas sorriu misteriosamente (um membro da realeza nunca deve piscar).

O que deve significar que o tingimento deu certo!

Todos ficarão tão surpresos... principalmente Mia.

Mas surpresos de um jeito bom, eu espero, como Mia ficou quando viu a apresentação de "Todas as estradas levam à Genovia".

Eu só gostaria de saber o que dar para Mia e Michael de presente de casamento. Porque realmente não acho que uma dança com aquela saia bufante seja um presente bom para alguém.

Sexta-feira, 19 de junho, 16h00, Salão do trono, Ensaio do casamento

Eu não posso acreditar na minha prima Luisa.

Sério. Não posso acreditar que *alguém como ela existe de verdade!*

Sei que a culpa não é inteiramente dela, porque a vida de Luisa em casa não tem sido boa (pelo menos de acordo com a princesa Komiko e também com Grandmère, se tudo que ela disse sobre a avó de Luisa, a baronesa, for verdade).

Mas isso não lhe dá o direito de agir como uma pessoa completamente insana!

Tudo estava indo bem — estávamos nos entendendo bem na piscina — até chegar a hora de nos arrumarmos para o ensaio do casamento.

Não era uma prova de *vestidos*, então ninguém viu a roupa das madrinhas e das damas ainda (graças a Deus, porque não precisamos de MAIS drama, algo em que Luisa parece ser especialista).

Mas era a primeira vez que víamos os meninos desde a apresentação da manhã.

Bom, um menino em particular. Pode adivinhar quem.

Certo. Príncipe Khalil.

Por algum motivo, quando os meninos estavam por perto — Michael, o meu pai, Rocky e os demais padrinhos, o que quer dizer vocês sabem quem... PRÍNCIPE KHALIL —, *algumas* meninas que fazem parte do casamento começaram a se comportar de forma meio boba, dançando "Whip/Nae Nae" pela nave principal em vez de andar com graça e decoro, como Vivianne, a responsável pelos assuntos gerais do palácio, tinha nos orientado.

OK, UMA garota do grupo de casamento estava fazendo isso: Lady Luisa Ferrari.

Ela não levava nada do que Vivianne dizia a sério! Ficou o tempo todo zoando, principalmente sempre que estava em frente a mim e a Nishi, o que era praticamente *o tempo inteiro*!

Um casamento real funciona assim: os meninos devem seguir pela nave primeiro, logo depois da primeira-ministra, que é quem vai casar Mia e Michael amanhã. Então, os padrinhos e Michael entram, em seguida Rocky vai com as alianças (felizmente usaram alianças falsas no ensaio, assim havia menos chance de ele as perder).

Depois era a vez das madrinhas.

E então das damas de honra: Victorine, Marguerite e Luisa.

Era para elas três jogarem pétalas de flores sobre o tapete vermelho para a minha irmã passar em seguida (pétalas brancas e não roxas, pois Grandmère e eu concordamos que pétalas brancas ficariam mais bonitas no tapete vermelho).

Daí Mia, acompanhada da mãe e do pai (na Genovia, a tradição é ter o pai e a mãe entregando a noiva ao noivo), atravessaria a longa nave, seguida por mim e por Nishi, que estaríamos segurando o véu e a cauda de mais de 4 metros.

Só que para o ensaio ela estava usando uma toalha de mesa de mais de 4 metros que fazia as vezes de cauda (porque dá azar o noivo ver a noiva com o vestido antes do dia do casamento) para que eu e Nishi pudéssemos sentir como seria segurar o vestido... e para que a equipe de televisão pudesse calcular onde pôr as luzes, câmeras e tudo o mais.

Então acabou sendo bem irritante Luisa ficar zoando daquele jeito, porque algumas de nós tinham que ensaiar a sério (e também porque as brincadeirinhas dela faziam com que Victorine e Marguerite rissem e isso as desconcentrava também).

Além do mais, particularmente, não acho que isso tenha impressionado o príncipe Khalil nem um pouco! Ele nem pareceu notar aquilo. Estava parado na frente do salão do trono com Michael, Boris P e os demais padrinhos, mostrando fotos no celular para Rocky. Provavelmente fotos de cobras e anfíbios pela expressão animada de Rocky.

É claro que eu *entendia* por que Luisa tentava chamar a atenção dele com tanto afinco. Quando Nishi viu o príncipe Khalil, ela cravou as unhas em mim e disse:

— AIMEUDEUS, Olivia! Ele é tãããããão fofo! Por que não me CONTOU?

Ainda assim! Independentemente de quanto o príncipe Khalil é gatinho, Luisa estava tentando chamar a atenção dele do *modo errado*. Não era um comportamento muito digno de uma pessoa da realeza fazer com que todos perdessem tempo, principalmente durante um ensaio de casamento, quando todos nós gostaríamos de estar em outro lugar (na piscina, por exemplo), e alguns, como a primeira-ministra, tinham realmente um lugar mais importante para estar, tipo o trabalho dela.

Até que finalmente Grandmère precisou dizer, num tom de voz tão gélido que ecoou por todo o salão do trono:

— Luisa Ferrari. Talvez você prefira ir ao casamento apenas como convidada em vez de dama de honra.

Só assim que Luisa parou de se comportar tão cheia de si.

— Me desculpe, Vossa Alteza — pediu ela, com uma reverência.

Ha!

Mas, em vez de admitir que estava errada, Luisa veio correndo na minha direção enquanto estávamos sentadas no corredor, esperando o pessoal da televisão ajeitar a iluminação, e sussurrou:

— Cião, Olivia! Qual o problema daquela velhota? É claro que farei tudo direito amanhã. Mas, diferentemente de ALGUMAS pessoas, não preciso ensaiar a forma como vou CAMINHAR. Eu desfilo desde pequena. A minha mãe me colocou na melhor agência de modelos da Genovia quando eu era bebê.

Olhei com raiva para ela.

— Não fale "cião" para mim. E, se a minha avó ouvir você a chamando de velhota, vai ser jogada nas masmorras.

Luisa revirou os olhos.

— Por favor, até parece. Nem existem mais masmorras neste castelo. Ouvi dizer que o seu pai as transformou em uma adega.

Infelizmente, é verdade.

E foi exatamente quando ALGO aconteceu. A coisa que levou Luisa a ter UM ATAQUE DE NERVOS COMPLETO NO CASAMENTO REAL. Não há outro modo de descrever aquilo.

— Oi, Olivia — cumprimentou o príncipe Khalil, aproximando-se. — Acho que ainda não tive a chance de conhecer a sua amiga.

Os olhos de Nishi ficaram cinco vezes maiores do que o normal. Antes que eu pudesse dizer qualquer coisa, ela levantou desajeitadamente e fez uma reverência.

— O-o-oi, Vossa Alteza Real — disse ela. — Sou Nishi Desai, uma amiga de Olivia de Nova Jersey.

— Olá, Nishi de Nova Jersey — respondeu o príncipe Khalil, com um sorrisinho. Ele não pareceu perceber que Luisa os observava com os olhos semicerrados e cheios de ódio. — É um prazer conhecê-la. Então, princesa Olivia — continuou ele, virando-se para mim novamente —, queria dizer que vamos tentar retirar todas as gaiolas até a noite de hoje. Mas não conseguimos capturar todas as iguanas. Sempre ficam algumas que são espertas demais e não entram nas armadilhas. Além disso, há os ninhos com ovos. Teremos que cuidar dessas coisas na próxima semana.

— Ah — respondi. — Claro. Tudo bem. Obrigada.

— Ótimo! — Ele sorriu para mim, e não pude deixar de notar mais uma vez como os olhos dele ficavam bonitos quando ele sorria. Qual o meu problema? — Bom, vejo você no altar.

Foi uma piadinha, porque tínhamos que ficar indo até o altar repetidas vezes durante o ensaio. Embora não juntos, é claro.

— Ha — falei. — Vejo você no altar.

Assim que ele voltou ao salão do trono, Nishi deu um gritinho e apertou o meu braço e pulou algumas vezes.

— Ai, meu Deus! — soltou ela. — Um príncipe de verdade! Finalmente conheci um príncipe de verdade! Quero dizer, além do seu pai. E ele é tãããããão fofo!

Mas eu mal prestava atenção nela, porque Luisa me olhava com uma expressão mortal. Sério. Parecia que ia me matar.

— O que — indagou ela — foi *isso*?

Eu deveria ter respondido, "Não é da sua conta, Luisa", porque tenho todo o direito de falar com qualquer um que eu deseje sem a autorização dela.

Contudo, como sou uma princesa e tenho compaixão pelos outros e sei o quanto ela gosta dele, eu disse:

— Luisa, Khalil é um membro da Sociedade de Resgate de Répteis e Anfíbios da Genovia, e eles têm ajudado a remover as iguanas dos jardins do palácio antes que todos cheguem para o casamento. Então pode ficar tranquila. Não é como se ele gostasse de mim nem nada assim.

Mas acho que não falei a coisa certa, porque, em vez de aceitar o meu conselho e relaxar, Luisa ficou ainda mais zangada. As narinas dela ficaram apertadas, e ela retrucou:

— *Você*? Por que alguém como *ele* gostaria de alguém como *você*? Acredite, *isso* nem mesmo passou pela minha cabeça!

Aquilo me magoou um pouquinho... e me fez lembrar do desenho maldoso que ela havia feito e deixado sobre a minha mesa. Talvez aquilo não tenha sido uma piada para me "ajudar", no fim das contas. Talvez a minha prima Luisa me veja daquele jeito mesmo.

— O que você quer dizer com "alguém como eu"? — perguntei, pondo as mãos nos quadris. — O que tem de errado comigo?

— O que *não* tem de errado? — respondeu ela. — É a pior princesa que já vi. Você usa óculos, o seu cabelo é um caos encaracolado, não sabe falar italiano... e *certamente* não sabe dançar. Estava totalmente ridícula na apresentação de hoje.

Ouvi Nishi arquejar.

— Isso não é verdade! Olivia dança muito bem! E eu amo o cabelo dela.

Vi Victorine e Marguerite trocando olhares.

— É, Luisa — comentou Marguerite —, acho que está sendo um pouco dura. Só porque o príncipe Khalil e Olivia são amigos...

Mas, embora Marguerite estivesse tentando exercer um pouco de diplomacia real, isso acabou sendo a pior coisa que ela poderia ter dito.

— Ah, Olivia e Khalil são "amigos" agora? — disparou Luisa. — Exatamente que tipo de "amizade" você tem com o príncipe Khalil, Olivia, hein?

— O quê? — Eu não tinha ideia sobre o que ela estava falando, mas Marguerite e Victoria pareciam saber, pois trocaram olhares expressivos e levantaram

as sobrancelhas. — Luisa, eu já disse. Ele apenas veio aqui algumas vezes para ajudar a caçar as iguanas.

— Se tudo o que ele fez enquanto estava aqui foi se livrar das iguanas, *princesa* Olivia, então por que você nunca me contou nada sobre isso? — questionou ela. — Por que todo esse segredo?

— Não... não era um segredo — gaguejei. — Quero dizer, era um segredo para a minha irmã, pois deveria ser uma surpresa de casamento, como a apresentação. Mas não era segredo para você.

— Então por que não me contou? — gritou Luisa. Felizmente, as únicas pessoas ao redor eram Nishi, as minhas primas e alguns funcionários do palácio, e não o príncipe Khalil, a primeira-ministra nem ninguém mais do cerimonial. Todos ainda estavam dentro do salão do trono. Caso contrário, eu teria ficado ainda mais mortificada. — Você sabe que eu gosto dele!

— Hmm — disse Nishi. — Não quero interromper, mas Olivia me disse que é ela é só amiga do príncipe Khalil. Se é que isso ajuda de algum modo.

— Bom, não ajuda — respondeu Luisa, jogando um pouco do cabelo loiro. — Muito obrigada. E talvez tenha interesse em saber, Nisha, ou seja lá qual for o seu nome, que a sua amiga é uma ladra de namorados.

Eu engasguei. Marguerite e Victorine também. Assim como Nishi. E alguns funcionários do palácio.

— Não — falei, sentindo que os meus olhos se enchiam de lágrimas. — Não sou. Não mesmo!

— Cião, Olivia — disse a minha prima. — Como eu estava errada sobre você. Achei que nós duas pudéssemos ser amigas. Mas agora vejo que não passa de mais uma fura-olho da realeza. Bom, fique ligada, porque também sei jogar esse jogo.

Sexta-feira, 19 de junho, 18h30, Quarto real genoviano

Nishi está dizendo que devo simplesmente ignorar Luisa.

— É óbvio que ela é uma lunática.

— Talvez — respondi. — Mas ainda assim é minha prima.

— E daí? Eu também tenho muitos primos — comentou Nishi. — Um deles é dono do recorde da maior bola de elásticos de papel já feita. Isso não quer dizer que eu deva levar a sério o que ele diz, porque é tão maluco quanto Luisa.

— Bem lembrado.

Ainda assim, não consigo não me sentir péssima por Luisa ter me chamado de fura-olho da realeza e de ladra de namorados. Ainda que eu não tenha feito o que ela me acusou de fazer, não quero que ninguém pense algo tão terrível de mim... mesmo uma pessoa metida como a minha prima.

Eu me senti tão horrível com a coisa toda que, quando estávamos nos arrumando para o jantar, fui até o quarto de Grandmère para pedir conselhos sobre o que fazer. Já recebi bons conselhos dela no passado. E eu sabia que todas as outras pessoas estavam ocupadas com o estresse pré-casamento.

Mas Grandmère nunca fica estressada.

A camareira dela atendeu a porta e, vendo que era eu, me deixou entrar. Grandmère passou uma regra que diz que eu sempre posso entrar no quarto dela, a não ser que ela esteja com alguém.

Como imaginei, nenhum estresse. Grandmère ainda estava de robe e turbante, aplicando um creme branco espesso nas mãos e no pescoço. Ela sempre diz que uma mulher deve se hidratar regularmente, ou vai se arrepender mais tarde.

— Olivia — disse ela —, por que não está se arrumando para o jantar? Não me diga que está nervosa com a cerimônia amanhã. É só uma transmissão de TV ao vivo. Caso faça alguma coisa boba, alguém vai fazer algo ainda mais bobo logo em seguida, e rapidamente todos se esquecerão de você.

— Obrigada, Grandmère — respondi. — Não, não estou preocupada com amanhã. Ou pelo menos não estava até você mencionar isso. Agora estou. Mas estou mais preocupada com Luisa Ferrari.

— Luisa Ferrari? — Grandmère apoiou o pote de creme e arregalou os olhos. — O que tem ela?

Então contei sobre Luisa... como ela sempre falava "cião" para mim e como estava apaixonada pelo príncipe Khalil e achava que eu gostava dele também (o que expliquei para Grandmère que definitivamente NÃO é o caso... embora eu realmente goste da forma como o príncipe Khalil ama iguanas e quer salvas todas elas, e como sempre está lendo livros sobre elas, e como o cabelo bagunçado dele é grandinho, e como os olhos castanhos dele ficam quando ele sorri).

E como, embora eu não quisesse DE JEITO NENHUM roubar o príncipe Khalil dela, Luisa achava que eu era fura-olho e como era possível que ela estivesse pensando em fazer algo terrível para se vingar de mim.

— Não estou dizendo nada disso porque quero deixar Luisa encrencada — falei ao terminar. — Sei que um membro da realeza nunca deve dedurar ninguém. Só acho que alguém deveria saber. Um adulto. Por precaução.

Grandmère assentiu, pegou outro pote e começou a esfregar um novo creme no rosto. Ela sempre diz que uma mulher deve evitar três coisas: sol, camas de bronzeamento e homens parados na rua vendendo perfume.

— É claro. Entendo perfeitamente, e fez a coisa certa ao vir me contar tudo, Olivia. Nada disso tem a ver com você, obviamente. É culpa da Bianca Ferrari.

— É? — Eu estava surpresa. — Como assim?

— Bianca Ferrari provavelmente está enchendo a cabeça da neta com histórias sobre como ELA deveria ser a herdeira do trono, e não você. A avó de

Luisa achou que *ela* ia se casar com o seu avô um dia, entende — explicou Grandmère, examinando o seu reflexo no espelho. — Ah, parece que o seu avô gostava dela, do jeito dele... até eu aparecer. Então ele percebeu o que era uma mulher de verdade e nunca mais olhou na direção de Bianca Ferrari.

Eu engasguei.

— Grandmère! *Você* foi uma ladra de namorados? Uma fura-olho da realeza?

— Pfff! — Ela pegou um batom e começou a passar cuidadosamente. — Não se pode roubar o que alguém nunca teve, para começo de conversa. Bianca Ferrari sempre foi bonita, mas nunca teve caráter nem sensibilidade. E essas são as coisas que alguém deve procurar em um parceiro para a vida, porque a beleza desvanece, enquanto caráter e sensibilidade são para sempre.

— Ah — falei.

— Sim, Olivia, *ah*. É por isso que a sua prima sente tanta hostilidade por você. Porque você tem caráter *e* sensibilidade, qualidade que pelo menos por enquanto Luisa parece não ter. Juntando isso ao fato de você ser uma princesa enquanto ela é apenas a neta de uma baronesa faz com que ela se sinta insegura.

Eu não tinha muita certeza sobre aquilo. Luisa Ferrari parecia ser a pessoa menos insegura que eu já tinha conhecido.

Mas Grandmère continuou:

— Caráter e sensibilidade podem ser adquiridos, é claro. Para isso que serve uma boa educação. Mas por ora Luisa parece preferir passar o tempo dela se preocupando com a própria aparência e em conseguir um título real para si mesma, talvez se casando com um príncipe. — Ela olhou para o meu reflexo no espelho e sorriu. — Ela é jovem, no entanto. Ainda há muito tempo para aprender. E nós, como membros da realeza, temos o dever de guiá-la, Olivia, a fazer as escolhas certas.

Eu não tinha ideia do que ela queria dizer. Eu queria passar o mínimo possível de tempo com Luisa. Mas, se fosse pelo bem do trono — e da família —, eu podia tentar ajudar.

— Como, Grandmère?

— Acho que Luisa e a avó poderiam aprender a ser mais tolerantes com os outros — comentou ela. — Principalmente com os plebeus. Seria importante para a construção de caráter das duas. Contudo, isso só pode acontecer se elas passarem mais tempo com eles.

Lembrei do que Luisa havia dito sobre Rocky não ser "da realeza" e como ele nem deveria frequentar a ARG.

— Hmm — falei. — Talvez. Mas não vejo como isso seria...

— Deixe comigo — interrompeu Grandmère de repente, então ela retirou o turbante e revelou um coque perfeito. — Maxine, a minha tiara, por favor.

— Sim, vossa alteza. — Maxine, a camareira de Grandmère, foi até o armário de joias da minha avó e pegou a tiara.

— Olivia, é melhor ir para o seu quarto e pegar a sua própria tiara. O jantar de hoje é formal. Boné e raquete, querida. Boné e raquete.

Boné e raquete é o código para "coroa e cetro" no palácio.

— Sim, Grandmère — respondi, indo para o meu quarto enquanto pensava em tudo que ela havia dito. Não sei se acredito que Luisa Ferrari tem inveja do meu caráter e da minha sensibilidade... E do meu título real, é claro. Acho que a princesa Komiko tem razão e que Luisa é cruel porque os pais dela não se dão bem, e ela está zangada por isso, daí acredita que não há problema em descontar a raiva em outras pessoas.

Talvez nós duas estejamos certas. Como eu disse para o príncipe Khalil, as pessoas podem ser mais de uma coisa. Os seres humanos são complicados.

Mas, no fim, não importa, porque independentemente do motivo que fez Luisa ser como ela é, sou eu quem tem que lidar com ela.

Sexta-feira, 19 de junho, 20h30, Salão do banquete real, Jantar de noivado

Sei que eu não deveria escrever no meu caderno à mesa, mas preciso escrever, porque TENHO CERTEZA de que Luisa está aprontando alguma. Ao longo de toda a noite, ela lançou olhares de reprovação na minha direção do outro lado da sala de jantar!

Mas isso também pode ser porque me sentei ao lado da mãe de Michael, a Dra. Moscovitz, que é realmente muito legal e engraçada, enquanto Luisa teve que se sentar ao lado de algum amigo velho e chato que a avó dela convidou e que não para de falar sobre o mercado de ações.

HA HA HA HA!

Ops, sei que é errado se regozijar com o azar dos outros.

Só que é difícil não se divertir no jantar de noivado da sua irmã, onde todos estão fazendo brindes aos noivos e contando histórias engraçadas, tipo como o primeiro beijo dos dois foi em uma jaula de pinguim no zoológico (Nishi achou isso muito romântico) e como eles foram para uma coisa chamada Baile da Diversidade Cultural e como Michael fazia parte de uma banda.

Até mesmo Rocky parece estar se divertindo, e ele odeia grandes jantares formais como este (mas o lugar dele é ao lado do príncipe Khalil, então basicamente Rocky está no céu).

Eu nunca tinha notado — talvez porque jamais o tivesse visto de smoking —, mas o príncipe Khalil se parece muito com um daqueles atores dos filmes de Bollywood que Nishi adora — aqueles que conseguem cantar e dançar ao mesmo tempo.

E ele está sendo *tão legal* com Rocky! Alguns meninos não são legais com outros mais novos. Às vezes os ignoram ou até mesmo fazem bullying (o meu primo Justin era assim).

Contudo, Khalil está sendo muito paciente e gentil com Rocky; chegou até a mostrar a ele qual colher usar para a sopa e explicou de qual copo deveria beber água para que não cometesse o mesmo erro que eu havia cometido na outra noite.

Ownnnnn!

Não que eu goste dele nem nada assim. Eu...

Argh! E lá está Luisa me fuzilando com o olhar DE NOVO! Qual o *problema* dela? Talvez eu deva contar para alguém, além de Grandmère, o que está acontecendo... Alguém como Lars, o guarda-costas de Mia e o chefe da Guarda Real da Genovia.

Não. Acho que isso seria um exagero. Grandmère provavelmente tem razão, e Luisa precisa apenas da nossa orientação e de nosso exemplo como membros da realeza. A minha obrigação enquanto dama de honra (e princesa) é ajudar a minha irmã a EVITAR confusões durante o casamento, e não PROVOCAR uma.

E tenho certeza de que o plano de Grandmère (seja ele qual for) vai funcionar.

Então vou ficar na minha. Afinal, Luisa também é dama de honra, né? O casamento será sua grande oportunidade de exibir o belo vestido Claudio com saia destacável na frente de todo mundo. O que ela vai fazer, tentar destruir a festa? É claro que não!

Sexta-feira, 19 de junho, 23h45, Quarto real genoviano

Fui me deitar cedo (ou pelo menos tentei) porque Grandmère disse que todas nós deveríamos ter uma boa noite de sono ou cada linha do nosso rosto estaria visível no dia seguinte na televisão das pessoas ao sermos filmadas no casamento (pelo menos nas TVs de alta definição).

Mas, assim que adormeci, tive o pior e mais terrível dos pesadelos. Eu usava o vestido roxo de dama de honra (e estava realmente linda nele) e o casamento estava prestes a começar, então do nada eu não conseguia encontrar Bola de Neve!

E isso era um problema porque, por algum motivo, ela deveria entrar na cerimônia de casamento comigo (no sonho. Na vida real, não será permitido animais no casamento, o que acho péssimo e Mia concorda. Por um tempo, ela disse que seria engraçado se Fat Louie pudesse descer a nave principal na cauda do vestido dela, até que Sebastiano a lembrou que isso destruiria o véu, que era feito de renda tecida à mão e não resistiria se um gato de quase dez quilos sentasse nele e fosse arrastado pelo tapete vermelho. Isso sem falar que Fat Louie jamais ficaria quieto ali).

Daí, no sonho, eu corria pelo palácio, procurando pela minha cachorra em todos os lugares e chamando "Bola de Neve! Aqui! Bolinha, venha aqui, menina! Onde você está?".

Quando finalmente a encontrei no estábulo de Chrissy, fiquei tão aliviada...

Até que a pior coisa do mundo aconteceu! Ela veio correndo na minha direção e pulou, animada (o que tenho tentado ensiná-la a não fazer), e as patinhas sujas marcaram todo o meu belo vestido roxo de dama de honra!

Foi um horror! Fiquei uma bagunça!

Mas não havia tempo para limpar as marcas de pata (e elas também não sairiam porque estavam por *todo* o vestido), pois já estava na hora de entrar na cerimônia e Mia estava me chamando.

Então tive que segurar a cauda do vestido da minha irmã *coberta de marcas de patas de cachorro.*

E todo mundo olhava para mim e sussurrava que eu era um desastre de princesa, apesar de todo o treinamento que Mia, o meu pai, Grandmère, a ARG e todos haviam me dado, pois eu tinha arruinado COMPLETAMENTE O CASAMENTO.

Em seguida o sonho mudou para um noticiário sobre o engarrafamento, devido a todos que estavam *deixando* a Genovia e jurando não voltar nunca mais por minha causa!

Felizmente, foi quando eu acordei.

Fiquei tão aliviada ao encontrar Bola de Neve enrolada ao meu lado, dormindo como uma bolotinha e sem o menor vestígio de sujeira que a peguei e abracei apertado.

E agora vou garantir que ela fique trancada no meu quarto a NOITE TODA e a MANHÃ TODA, mesmo que seja a última coisa que eu faça!

Eu não serei a pessoa que vai destruir esse casamento. Não MESMO!

Sábado, 2º de junho, 7h45, Quarto real genoviano, Dia do casamento

Eu a odeio.

Eu. A. Odeio.

Sei que é errado dizer que se odeia alguém, mas não ligo. EU ODEIO LUISA FERRARI.

Ela é tudo que há de que ruim no mundo somado, todos os palavrões que já ouvi o meu pai usando com os caras da construção que estão trabalhando no palácio de verão, além se ser uma má pessoa.

E EU SEI que foi ela, porque Bola de Neve ficou comigo a noite inteira! Me certifiquei disso depois do pesadelo.

Então Bola de Neve não poderia ter saído de fininho e ido até a cozinha no meio da noite para roubar e comer a última camada do bolo de casamento!

Como a minha cachorra sequer teria conseguido CHEGAR ao topo do bolo de casamento sem acabar derrubando a coisa toda? O bolo tem mais de 1,5 m (e está numa mesa sem nenhuma cadeira ao redor).

ÓBVIO que um ser humano fez isso. Não é preciso ser um membro da Guarda Real da Genovia, treinado nas artes da investigação e em desvendar mistérios, para deduzir isso.

Mas o mordomo-chefe não acredita em mim. Nem o chef Bernard. Quando ele e os demais funcionários da cozinha chegaram pela manhã e viram o que tinha acontecido com o bolo, é claro que todos concluíram que tinha sido Bola de Neve. E não posso culpá-los diante do histórico de crimes dela.

Ainda assim, é impossível que ela tenha feito isso! De algum maneira, na noite passada, Luisa deve ter dado um jeito de entrar na cozinha para fazer isso, só para arruinar a minha vida. É quase como se o meu sonho estivesse se tornando realidade, de certo modo. Fico pensando se sou meio clarividente? Será que é possível ser princesa, desenhar bem e *também* ser clarividente?

Não. São muitas coisas boas juntas.

— Vejam — falei, com a maior calma possível e usando o máximo de diplomacia que consegui reunir, porque eu sabia que não poderia culpar Luisa imediatamente sem ter provas. — É impossível que tenha sido Bola de Neve. Ela estava comigo a noite toda. E não tem altura suficiente para chegar ao topo do bolo sem deixar marcas de patas em todo o resto. A não ser que vocês achem que ela VOOU até lá.

Todos olharam para o bolo. Da família só havia eu, o meu pai e Grandmère ali, pois não queriam incomodar mais ninguém no palácio (como Mia) "apenas por causa de um assunto doméstico" e também porque Mia era a noiva e "precisava descansar".

Apenas um assunto doméstico? A minha cachorra estava sendo acusada de um crime que não tinha cometido!

— Olivia tem razão — afirmou o meu pai. — Seria preciso muita habilidade para isso.

— Mas o que mais pode ter acontecido? — lamentou o mordomo-chefe. — Quem tiraria a camada de cima, e somente a de cima, de um bolo de casamento de sete andares? Procuramos em todo lugar, mas não encontramos nada.

— O que também prova que não foi Bola de Neve — comentei. — Porque, se tivesse sido ela, encontrariam pedacinhos de bolo por todo o canto. Bola de Neve nunca come *tudo* o que rouba de uma vez. Sempre esconde uma parte para depois. Então, se tivesse sido ela, teria migalha de bolo em algum lugar no chão desse castelo.

O meu pai parecia triste, vestindo o seu robe de cetim vermelho que tem a letra P, tanto de Príncipe quanto de Phillipe, bordada na lapela.

— Não quero que vasculhem o palácio para procurar a camada de cima do bolo de casamento neste momento — disse ele. — Os convidados vão começar a chegar em algumas horas.

— Por que não voltamos todos para a cama? — sugeriu Grandmère, apoiando um dos braços no meu ombro. — Acho que o chef Bernard tem tudo sob controle.

— *Non*! — gritou ele. — *Non*, não tenho! Esse bolo deveria servir 550 pessoas. Agora prrecisa servir setecentas pessoas grraças às crrianças daquela escola. Mas FALTA UMA CAMADA!

Grandmère piscou na direção dele.

— Ah, pelo amor de Deus, chef. Simplesmente corte fatias menores.

Tanto o chef Bernard quanto o mordomo-chefe pareciam querer enfiar a faca em alguma coisa — e certamente não era em uma fatia de bolo.

— Sim, Vossa Alteza — disse o chef, tristemente.

Enquanto subíamos as escadas a caminho dos nossos quartos, eu disse para o meu pai, desesperada:

— Bola de Neve não fez aquilo. Você *precisa* acreditar nisso.

— É claro que acredito, querida — disse ele, bocejando.

— Vocês dois, nem mais uma palavra sobre esse assunto — informou Grandmère. — Não quero que Amelia saiba a respeito de *nada* que acabe dando errado hoje. Não que vá acontecer mais alguma coisa. O sol está brilhando, a multidão já está se reunindo lá fora... parece um bom dia para um casamento. É uma pena que tenha acontecido isso com o bolo, mas... bom, essas coisas acontecem mesmo.

Papai coçou a careca.

— Não entendo como. Nunca vi nada parecido. Acha que pode ter sido a cachorra?

— NÃO! — gritei. — Não foi. Foi...

Mas Grandmère lançou o seu olhar mais assustador para mim.

— Nada mais vai dar errado hoje — disse ela, com firmeza. — *Nada.* Entendeu, Olivia?

Engoli em seco.

— Sim, Grandmère.

Não é justo! Por que tenho que agir como uma princesa enquanto Luisa Ferrari faz o que quer e ainda se safa? Não dou a mínima para o quanto ela ficou infeliz com a separação dos pais nem o quanto ela não tem caráter ou sensibilidade.

Da próxima vez que eu encontrar Luisa Ferrari, ela vai ter o que merece.

Sábado, 20 de junho, 9h35, Quarto real genoviano, Dia do casamento

Ainda não vi Luisa. Mas é só uma questão de tempo.

No momento, eu e Nishi estamos fazendo o cabelo com o Paolo.

Bom, com os assistentes dele. Paolo — o *hair stylist* da realeza — tem tempo apenas para uma pessoa hoje, e essa pessoa é a minha irmã, a noiva.

Os floristas mandaram arranjos para o nosso cabelo — que os assistentes de Paolo estão prendendo junto com a minha tiara — e também buquês para segurarmos.

Também estamos sendo maquiadas para ficarmos bonitas diante das câmeras. Não de forma muito pesada, porque é importante parecer "natural e com a pele brilhosa" como as jovens meninas que somos (segundo as ordens dadas por Dominique de Bois, a diretora de imprensa e marketing da realeza genoviana).

No entanto, quando você vai ser filmada em alta definição, é preciso passar um spray com uma camada fina de base exatamente no seu tom de pele para o rosto ficar uniforme (a moça que está me maquiando disse que até atletas masculinos famosos fazem isso).

É tudo tão empolgante que quase me esqueço do quanto estou zangada com Luisa.

Quase.

Nishi disse estar no paraíso (embora nós duas tenhamos concordado que estamos contentes por não ter que passar o spray todo dia).

Depois do cabelo e da maquiagem, vem a parte mais importante:

OS VESTIDOS!

Eles foram passados e entregues pela equipe de camareiros do palácio dentro de plásticos, então não pude ver o meu vestido até Francesca, a minha *personal stylist*, abrir a embalagem. Quando a abriu, ela congelou antes de tirar o vestido do plástico.

— Minha nossa — disse ela. — Vossa Alteza, não sei como dizer isso, mas o seu vestido é... é... roxo.

— Surpresa! — gritei.

— AMEI! — comemorou Nishi ao ver o dela.

— Né? — respondi. — Eu e Grandmère pedimos ao Sebastiano para tingi-los no último instante. A gente acha que Mia vai ficar muito surpresa.

— Sim — disse Francesca, me ajudando a passar por todas aquelas camadas esvoaçantes. — De fato, acho que a princesa ficará surpresa.

Espero que seja uma surpresa boa! Acho que estou tão bonita quanto estava no meu sonho... só que ainda melhor, porque não estou coberta de patinhas de cachorro. Bola de Neve está nos observando na minha cama, totalmente limpa (quando a levei para o passeio matinal tive o cuidado de mantê-la na coleira e longe de todas as poças).

Depois que o pessoal do cabelo e da maquiagem saiu, eu e Nishi fomos nos olhar no espelho de corpo inteiro do meu banheiro.

— Parecemos náiades — comentou Nishi, num tom de aprovação. — Elas eram um tipo de ninfa das águas e viviam nos chafarizes, córregos e coisas assim na Grécia Antiga. Estamos iguaizinhas a elas, só que de roxo em vez de ser azul ou verde.

— Legal — falei. — Náiades totais.

Então tiramos um monte de selfies com o celular de Nishi, fazendo pose na minha cama que tem formato de barco para que parecêssemos ainda mais com as náiades, ou até mesmo com as sereias que adornam as torneiras da minha banheira real.

Agora Francesca saiu para saber quando tudo estará pronto para descermos, e Nishi está elaborando planos para se vingar de Luisa (porque é claro que eu contei para ela o que Luisa fez, embora

Grandmère tenha pedido para não falar nada a ninguém. Mas Nishi não vai contar para Mia).

Os planos de Nishi e Olivia para se vingar de Luisa Ferrari

Plano #1 de Nishi:
Fazer Luisa tropeçar em frente às câmeras de televisão para que a saia caia em cima da cabeça dela e o mundo todo veja a sua calcinha.

Nota de Olivia:
Não. Luisa ia gostar disso, porque ama atenção. Além disso, pode estragar o casamento de Mia e prometi a Grandmère que não deixaria nada acontecer que pudesse estragar o casamento.

Plano #2 de Nishi:
Fazer Luisa tropeçar em frente à carruagem do casamento. Aí ela seria atropelada.

Nota de Olivia:

Luisa pode se machucar seriamente e podemos ser presas. O que não seria muito principesco. Além disso, lembre-se da minha promessa para Grandmère.

Plano #3 de Nishi:
Esperar Luisa ficar sozinha. Fazer com que ela confesse o que fez. Gravar a confissão no celular. Postar o vídeo na internet para que todos possam ver.

Nota de Olivia:

Melhor! Mas ainda acho que isso pode gerar exatamente o tipo de atenção que ela quer, transformando-a em uma celebridade instantânea da internet que vai acabar escrevendo um best-seller sobre isso.

Plano #4 de Nishi:
Comprar veneno. Envená-la.

Nota de Olivia:

Como eu disse, a cadeia não é um lugar muito principesco. Além do mais, onde vamos comprar veneno?

E se uma das damas de honra de Mia morrer envenenada, isso iria TOTALMENTE estragar o casamento.

Plano #5 de Nishi:
Pegar um pouco do cocô de cavalo de Chrissy. Colocar no bolo. Dar para Luisa comer.

Nota de Olivia:

Mas será que Luisa não vai sentir o cheiro do cocô? E também não quero tocar em cocô de cavalo. É nojento! Além do mais, acho que isso pode fazê-la passar muito mal e aí a gente seria presa. Ainda por cima, existe a chance de todos os demais convidados acharem que têm cocô no bolo deles e isso destruiria o casamento.

Plano #6 de Nishi:
Pedir a Boris P para chamar Luisa no palco e dedicar uma canção especialmente para ela. Enquanto ela estiver no palco, olhando de forma apaixonada para ele, fazer com que ele mude a música para uma letra que diria como ela é horrível.

Nota de Olivia:

Mas isso pode fazer com que Luisa se sinta tão mal que pode acabar com a autoestima dela e aí ela nunca conseguiria desenvolver o caráter ou a sensibilidade. Membros da realeza devem orientar os menos afortunados, não os destruir.

Plano #6 de Nishi, continuação:
chamar o príncipe Khalil para assistir a Boris P cantando a música sobre o quanto Luisa é horrível. Assim ele vai saber toda a verdade sobre ela e vai acabar gostando de você e não de Luisa!

Aí tive que dizer a Nishi que não queria mais brincar daquilo. Não era divertido e parecia meio perverso. E também disse que eu não gostava do príncipe Khalil.

Mas ela não me deu ouvidos! Ainda teve a coragem de comentar:

— Acho que você *gosta*, sim, do príncipe Khalil e acho que ele gosta de você também. Acho que Luisa sabe disso e por isso estragou o bolo de casamento da sua irmã.

O meu coração começou a bater meio rápido quando ela disse aquilo. Não sei por quê. Mas falei:

— Nishi, não. Isso não é verdade.

— É verdade, sim. Qualquer um pode ver. Até mesmo Rocky. Olhe, vou pegar Rocky e perguntar para ele.

— Não — pedi. — Por que você iria buscar Rocky? Ele é só uma criança que não sabe nada. Deixe ele fora disso.

Mesmo assim, Nishi respondeu:

— Vou buscá-lo de qualquer forma. Quero perguntar sobre o cocô.

— Nishi, não! — falei. — Achei que você estivesse brincando sobre isso! Vamos deixar isso para lá. Sério agora. O casamento já vai começar. Temos que...

Mas ela saiu antes que eu pudesse impedir. Saiu marchando do quarto (fica difícil não andar assim com esses vestidos; eles têm tantas camadas) e seguiu pelo corredor.

O que eu podia fazer? Tive que ir atrás dela. Eu não queria que ela entrasse de repente no quarto de Rocky falando sobre cocô para ele (principalmente considerando o quanto aquilo era idiota, embora conhecendo Rocky era capaz de ele levar a ideia a sério) e deixando-o todo agitado antes do casamento.

E foi assim que fiquei sabendo da verdade — a verdade sobre Rocky. É tudo culpa de Nishi.

Não foi Luisa quem roubou o topo do bolo de casamento de Mia.

Nem Bola de Neve.

Foi Rocky.

Sábado, 20 de junho, 10h05, Quarto de Rocky, Dia do casamento

— Não sei por que fiz isso! — fica repetindo Rocky sem parar. — Vi o bolo lá e parecia tão delicioso!

Posso *apostar* que estava delicioso. A minha irmã e Michael têm bom gosto. E o bolo que escolheram — chocolate com cobertura de baunilha — é o melhor tipo.

Tem bolo de chocolate com cobertura de baunilha *por todo* o foguete de mentira de Rocky que leva até a Lua. Assim como pequenas rosas brancas genovianas e floquinhos de neve brilhantes de glacê, que decoravam o topo do bolo de Mia e Michael.

Pelo menos até ser roubado.

Por alguém que *não* era a minha cachorra Bola de Neve *nem* a minha prima Luisa Ferrari.

— Ah, Rocky — falei, olhando a bagunça dentro do foguete de papelão. — Como *pôde* fazer isso?

— Não sei. Desci até a cozinha para fazer um lanchinho noturno e não tinha ninguém lá, aí vi o bolo e pensei: nossa, é tão grande! Não achei que fossem notar se eu tirasse uma camadinha. Principalmente de cima. Era tão pequena.

— O topo é a parte mais importante do bolo! — gritei. — É onde fica grande parte da decoração!

— Costumam tirar a parte de cima e guardar para comer um ano depois; dizem que dá sorte — comentou Nishi.

— Bom — disse ele, dando de ombros —, acabei os poupando desse trabalho. — Então a expressão dele ficou triste. — Mas acho que isso não me trouxe muita sorte. Vocês... vocês vão contar que fui eu?

— Todos acham que foi a cachorra da Olivia! — gritou Nishi. — Bom, menos a gente. Achávamos que tinha sido Luisa, a prima dela. Tínhamos vindo aqui pedir que você jogasse um pouco de cocô de pônei nela.

A expressão de Rocky iluminou.

— Eu jogo se vocês ainda quiserem.

— NÃO! — Eu não sabia o que fazer. Estava zangada, contudo era mais comigo mesma do que com ele. Não conseguia acreditar que tinha culpado outra garota tão rapidamente (a minha prima, uma colega de turma que pode não ser a pessoa mais legal do mundo, mas que tecnicamente é só um pouco insegura) por algo que um menino de 9 anos havia feito. — E, não, não vamos contar que foi você.

Ele pareceu aliviado.

— Ufa! Obrigado. Te devo essa, Liv.

— Sim — respondi. — Deve mesmo. Mas vamos ter que jogar o seu foguete de papelão fora, sabe disso, não é, Rocky? Não podemos deixá-lo aqui assim. O papelão está imundo. Vai mofar tudo e pode atrair ratos. — As pessoas não sabem disso, mas mesmo palácios de mil anos têm ratos. Talvez até *mais* ratos que outros palácios mais recentes.

Rocky suspirou.

— Tudo bem. Acho... acho que talvez eu esteja pronto para me desfazer do meu foguete.

Olhei para ele surpresa.

— Está *mesmo*? — perguntei. — Desde quando?

— Desde ontem — afirmou ele. — Não quero mais visitar os dinossauros na Lua. Quero ficar aqui na Genovia para estudar os répteis. E os anfíbios.

Nishi começou a rir.

— Você e todo mundo por aqui!

Olhei irritada para ela. Não via graça nenhuma naquilo.

— Acho que estudar répteis e anfíbios é algo muito nobre.

— Ha. — Nishi riu. — É claro que acha!

Eu ainda não via nada de engraçado, mas não cheguei a ter tempo de perguntar qual era a graça, porque a porta do quarto se abriu e Francesca apareceu.

— Ah, aí está você, Vossa Alteza — disse ela. — Procurei por você em todo canto. Está na hora.

Sábado, 20 de junho, meio-dia, Salão do trono, Dia do casamento

É agora! Finalmente chegou a hora!

A minha irmã está linda. O vestido dela é perfeito. Quando Mia desceu as escadas, a luz que atravessava as janelas reluziu nos pequenos cristais costurados no corpete e nas letras M entrelaçadas na saia do vestido — M de Mia e de Michael —, fazendo com que brilhassem como se fossem diamantes! Ela sempre se pareceu com uma princesa para mim, mas naquele momento parecia uma RAINHA.

Até o meu pai e Grandmère ficaram mudos de espanto por um instante enquanto observavam Mia descer as escadas, e notei que a mãe dela estava chorando. Todos estavam chorando um pouquinho, eu acho, até o mordomo-chefe e o chef Bernard, que veio da cozinha lá de baixo para espiar a noiva na caminhada até o salão do trono.

Mas era um choro de felicidade.

— E então? — disse Mia ao chegar ao último degrau. — Ninguém vai falar nada?

— Você tá gata, PDG — comentou a irmã de Michael, Lilly, quebrando o silêncio.

PDG quer dizer Princesa da Genovia. Todo mundo riu com exceção de Michael, que não estava lá, porque o noivo não pode ver a noiva até a cerimônia. Ele e os padrinhos já estavam no salão do trono com a primeira-ministra.

Foi naquele momento que Rocky fez algo terrível... ou maravilhoso, dependendo do ponto de vista. Ele se aproximou da irmã, com a mão no punho da espada (alguém não muito inteligente decidiu que seria uma boa ideia se Rocky usasse um uniforme militar oficial da Genovia em tamanho miniatura para o casamento, assim ele estaria combinando com o seu futuro pai adotivo), e confessou:

— Mia, fui eu que roubei o topo do seu bolo.

A minha irmã olhou na direção dele, com a tiara brilhando loucamente, e disse:

— Como?

— Fui eu — repetiu Rocky. — Eu que o peguei. Me desculpe. Eu comi tudo. Mas não precisa se preocupar, todos vão adorar o bolo. Estava simplesmente delicios...

— Opaaaaaa — interrompeu o meu pai, levantando Rocky no alto e o entregando para Lars, o guarda-costas de Mia. — Vamos conversar sobre isso sozinhos depois, mocinho. Por ora, acho que é melhor você ir ou vai se atrasar. Não queremos deixar o povo esperando.

Era verdade! Dava para ouvir não apenas as pessoas gritando lá fora, mas a música tocando dentro do palácio.

Foi só então que Mia notou o que eu, Nishi e as demais damas de honra e madrinhas estavam vestindo.

— Ah — disse ela, parecendo um pouco chocada. — Vocês estão de...

— Roxo! — gritei, girando com o meu vestido, que, a propósito, não tinha nenhuma marca de patinha.

— Surpresa! Foi Grandmère quem teve a ideia! Bem, eu e Grandmère, juntas. Sei que você queria que os vestidos das damas de honra e das madrinhas fossem bege, mas Grandmère e eu achamos que você gostaria mais de roxo, porque é a cor da realeza e é diferente para um casamento... como você!

— É — murmurou Lilly, olhando para a saia roxa. — É diferente mesmo. Quem liga se estamos parecendo berinjelas?!

— Fale por você — comentou Perin. Ela é única madrinha que não gosta de usar vestido, e Mia queria que todas as suas amigas se sentissem confortáveis, então Sebastiano fez um fraque para ela, parecido com a roupa dos padrinhos, mas com uma gravata roxa. Ela estava muito charmosa.

— Eu *amei* o meu vestido — disse Tina, com firmeza. — Roxo é uma das minhas cores favoritas.

— Minha também — afirmou Marguerite ao mesmo tempo que Victorine.

— *Eu* fico bem com qualquer coisa — disse Luisa.

— Então não ligo.

— *Todos* ficam bem de roxo — explicou Shameeka. E ela sabe o que diz, pois trabalha com moda. — Principalmente no tapete vermelho.

— *Eu* acho que todas vocês estão lindas. — A mãe de Mia, que usava um vestido em um tom de roxo um pouco diferente do meu e do de Grandmère, também estava bem linda. — Mas o importante é o que Mia acha. Mia, *você* gostou?

Ansiosas, todas nós olhamos para ela.

— Eu... — começou a minha irmã, com os cantos dos lábios tremendo, de modo que eu não sabia dizer se ela estava feliz ou triste. — Eu...

Ah, não! Ela odiou! Grandmère tinha se enganado, e o casamento estava arruinado! Só que não por causa de um erro, tipo as patas da minha cachorra no meu vestido ou Rocky ter comido o topo do bolo... mas por uma coisa que eu havia feito deliberadamente (bom, na verdade quem fez foi Grandmère, mas eu também não disse para ela não fazer).

Eu me sentia péssima.

Daí algo incrível aconteceu:

A minha irmã caiu na gargalhada! Do mesmo jeito que riu na ARG, quando terminamos de apresentar "Todas as estradas levam à Genovia". Era quase como se estivesse chorando de tão alto que gargalhava. Na verdade, cheguei até a ficar um pouco preocupada que ela fosse cair de tanto que ria.

— Ah, não — sussurrou Ling Su. — O estresse bateu finalmente. Ela está rindo descontroladamente.

Mas então, alguns segundos depois, Mia recuperou o fôlego, secou as lágrimas dos olhos e disse:

— Não, não, estou bem. De verdade. O roxo ficou ótimo. Amei. Você tem razão, Olivia. Roxo é a cor da realeza.

Fui invadida por uma onda de alívio — ainda maior do que quando acordei do pesadelo com Bola de Neve e com as marcas de patinhas no meu vestido e percebi que tinha sido só um sonho.

— Viu? — cochichou Grandmère no meu ouvido ao se abaixar, sorrindo triunfante. — Eu disse. Nós salvamos esse casamento.

Era verdade! O plano de Grandmère tinha funcionado (seja lá qual fosse)!

Então a minha irmã deu o braço à mãe e ao pai (depois que Paolo correu para retocar o seu delineador que tinha borrado com o choro) e se virou na direção do salão do trono. A música tinha ficado mais alta. Eu sabia que logo seria a nossa vez.

Foi aí que eu fiquei nervosa. Ainda não tinha acabado! Havia uma chance de eu estragar tudo. Afinal de contas, Nishi e eu ainda tínhamos um trabalho bem importante pela frente, pois o véu de renda bordado à mão de Mia era extremamente delicado. Se o peso de um gato velho podia rasgá-lo, como saber o que mais podia dar errado?

Além do mais, quando me abaixei para levantar o véu, percebi que Luisa estava por perto, junto com Marguerite e Victorine, e que pareciam náiades tanto quanto Nishi e eu. Só que não tinham uma tiara como eu.

Talvez tenha sido porque Grandmère e eu tínhamos feito Mia chorar de rir logo antes de se casar com Michael. Talvez tenha sido a música, ou o quanto a minha irmã estava bonita, ou a luz do sol, ou todo aquele brilho. Mas, de repente, eu estava transbordando amor por todos.

Até mesmo por Luisa Ferrari.

— Luisa — falei, tomada pela emoção. — Somos primas. Mas o que eu quero mesmo é ser sua amiga. Não vamos brigar, tá? Pelo menos, não hoje.

Luisa deu um sorrisinho irônico e revirou os olhos.

— Cião, Olivia. Como quiser.

Não era exatamente a reação que eu esperava. Contudo, considerando que vinha de Luisa, era o bastante.

Em seguida estávamos na parte externa do salão do trono e eu podia ouvir todos gritando fora do palácio, assim como a música lá dentro, e então soube:

Pronto. Tinha chegado a Grande Hora.

— Vai dar tudo certo — afirmou Vivianne, entregando cestos de flores para Luisa, Victorine e Marguerite. — Lembrem-se: vão devagar. Não há pressa. Temos todo o tempo do mundo.

— Na verdade, não temos — disse Grandmère. — O estúdio de televisão pediu para que tentássemos terminar antes do próximo intervalo comercial.

— Princesa Clarisse — disse Vivianne —, não precisa ir se sentar? *Agora*?

Grandmère jogou a cabeça para cima, puxou Rommel para perto com a sua coleira de cristal e sumiu.

Paolo se aproximou e pressionou um lenço nos lábios de Luisa.

— O que eu disse ontem sobre isso? Menos é mais. Não disse isso?

Luisa também jogou a cabeça como Grandmère.

— Não lembro.

— Mas eu lembro. Lembro bem. — Paolo olhou na direção de Mia. — Você parece um anjo que caiu do céu para ficar conosco.

Ela sorriu.

— Não exagere, Paolo.

— "Obrigada" — corrigiu ele. — É o que se deve dizer quando alguém lhe faz um elogio, Vossa Alteza. "Obrigada". Por que nunca consegue dizer "obriga-da"? Tantos anos e nenhum agradecimento até hoje.

— Para o meu pai, ele disse: — Muito bronzeador. Ajeitem o rosto do príncipe. É pedir demais?

— Eeeeeeeee — disse Vivianne, dando uma ba-tidinha no seu *headset*. — Fiquem nas suas posi-ções, meninas.

Levantei a cauda do vestido de Mia e me surpreen-di com o peso da renda delicada; era muito mais pe-sada que o tecido que ela havia usado na cintura no ensaio do dia anterior. Devia pesar uma tonelada!

Lancei o meu olhar de AIMEUDEUS! para Nishi, mas me assustei ainda mais quando vi a cara dela. Parecia que ia vomitar.

— Nishi — sussurrei com urgência. — Você está bem?

— Acho que não... — sussurrou ela de volta. — Estou tão nervosa. Eu... eu não sei se consigo fazer isso. Ihh.

Na verdade, eu mesma também não sabia se ia conseguir.

Mas que escolha tínhamos? Precisávamos ir em frente! Pelo povo da Genovia, mas também, o que era ainda mais importante, pela minha irmã.

— Nishi. É claro que consegue! Você sempre sonhou com esse momento!

— Não com isso — murmurou ela. — Quero dizer, sonhei com isso, mas não pensei que seria assim.

— Assim como? — Olhei ao redor. — Era para ser EXATAMENTE assim. Estamos prestes a atravessar a nave do salão do trono usando vestidos lindos, e todos estarão nos observando.

— Eu sei! — lamentou ela. — Não sei se consigo suportar a pressão.

— Tudo que precisamos fazer é segurar a cauda do vestido — falei, assentindo para a minha irmã. — Como você acha que ELA está se sentindo? É ela quem está se casando. Só precisamos ajudar e fazer tudo direitinho.

Era surpreendente o quanto aquilo era difícil.

Eu podia ouvir a música crescendo para além das portas do salão do trono. Rocky provavelmente já estava quase chegando ao altar com as alianças.

— Você está pronta? — perguntou o meu pai na nossa frente, para Mia e não para nós duas.

— Você está? — questionou ela, apertando o braço dele e sorrindo. — Lembrem-se: vocês dois não estão perdendo uma filha. Estão ganhando um novo membro nos negócios da família.

Era uma piadinha. Os negócios da família são a Casa Real dos Renaldo. Ao se casar com Mia, Michael teria que usar o sobrenome dela. É o que consortes reais fazem.

— Acho que vai ser uma boa aquisição — disse o meu pai, sorrindo para ela também.

— Também acho — concordou Helen Thermopolis.

— Olhe, se Rocky conseguiu, nós também vamos conseguir — falei para Nishi. — Ele só tem 9 anos.

— É, espero que esteja certa. — Ela não parecia muito segura daquilo. — Mas talvez a gente deva deixar a sua prima carregar a cauda. — Ela assentiu na direção de Luisa, que estava tirando selfies com Marguerite e Victorine antes que Vivianne confiscasse os celulares delas. — Ela tem experiência em passarelas.

— Você tá falando SÉRIO? — Eu não acreditava no que estava ouvindo. — A gente consegue fazer isso, Nishi. Só vamos carregar uma saia.

— Verdade — disse Nishi. — Mas com transmissão internacional de TV.

Felizmente naquele momento Mia se virou e nos lançou um sorriso deslumbrante.

— Estou tão contente por estarem aqui — comentou ela. — Vocês vão se sair muito bem.

E então Vivianne disse:

— Madrinhas! Entrem!

As amigas de Mia começaram a andar, seguidas por Victorine, Marguerite e Luisa.

De repente o meu pai e a minha irmã começaram a se mover, e eu nem tive a chance de ficar nervosa, porque estava ocupada demais garantindo que o véu de renda feito à mão e a cauda do vestido não ficassem amassados ou emaranhados, o que sinceramente não era nada fácil, considerando como eram longos e o quão rápido ela estava andando — nada devagar como Vivianne havia instruído.

Mas, quando você é a noiva — e uma princesa —, pode fazer o que quiser. E suponho que eu também estaria com pressa de acabar com aquilo se estivesse me casando, assim poderia chegar logo na parte do bolo.

Tive tempo de ver que, dos dois lados do salão, todos se levantaram e estavam sorrindo para nós — bem, para a minha irmã, provavelmente, mas alguns também sorriam para mim e para Nishi — enquanto passávamos. A música — as harpas e os trompetes retumbantes do hino nacional da Genovia — parecia vir do céu, e os cristais no vestido de Mia ainda brilhavam como milhares de pequenos diamantes sob a luz do sol que atravessava as janelas do salão do trono.

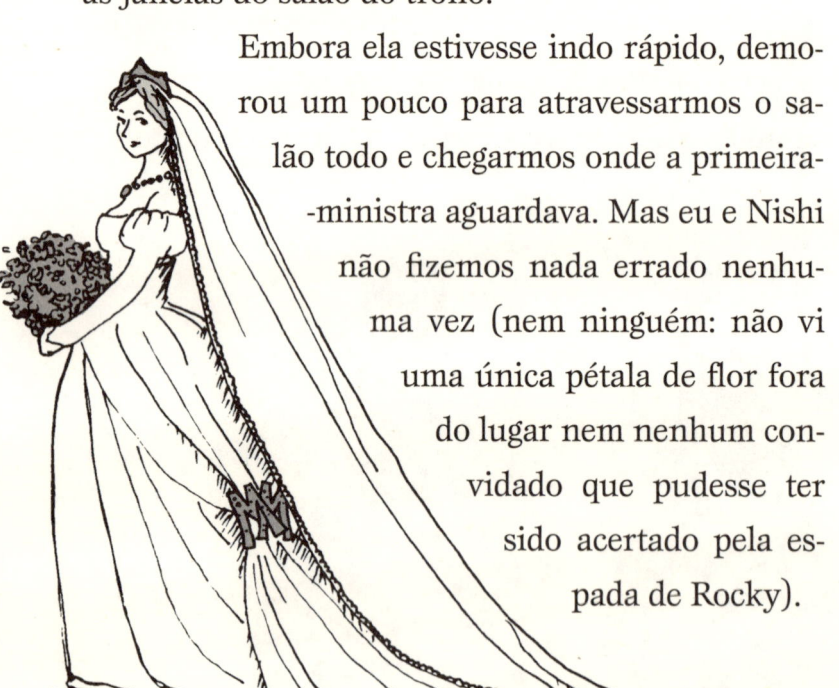

Embora ela estivesse indo rápido, demorou um pouco para atravessarmos o salão todo e chegarmos onde a primeira-ministra aguardava. Mas eu e Nishi não fizemos nada errado nenhuma vez (nem ninguém: não vi uma única pétala de flor fora do lugar nem nenhum convidado que pudesse ter sido acertado pela espada de Rocky).

A única coisa fora do lugar ERA a expressão de Michael quando finalmente chegamos até ele no fim do salão do trono. Parecia bastante com a cara que tinha feito ao terminarmos de apresentar "Todas as estradas levam à Genovia", como se estivesse tentando não chorar.

Só que não acho que estivesse prestes a chorar de tanto rir dessa vez, porque definitivamente não há nada de engraçado em uma cerimônia de casamento genoviana — nada de suspensórios ou saias bufantes. É tudo muito sério!

Mas também não acho que ele estava triste nem assustado. Acho que estava feliz, assim como todos os outros adultos ficaram quando viram Mia descer as escadas no Grande Salão ou como ela ficou ao nos ver vestidas de roxo. Acho que Michael percebeu que Mia estava realmente muito, muito linda.

E aquilo me fez querer chorar de felicidade também.

No entanto, não tive tempo para isso, pois tinha um trabalho a fazer. Não é brincadeira ficar responsável pela cauda do vestido da noiva. Quando a música parou e a primeira-ministra pediu que todos se sentassem, eu e Nishi tivemos que nos certificar de que Mia não ia se enrolar no vestido ou no véu. Na verdade, *todas as vezes* que ela se virava para a primeira-ministra ou para Michael tínhamos que fazer isto, ou ela poderia cair ao tropeçar na própria roupa!

As cerimônias de casamento na Genovia não são como as que vemos na televisão, nas quais a noiva e o noivo juram honrar um ao outro na saúde e na doença. Em vez disso, noivos e noivas na Genovia prometem:

- Fidelidade à Constituição genoviana e um ao outro;

- Educar e alimentar os filhos;

- Nunca bater um no outro, nos filhos, no gado ou nos animais de estimação;

- Pagar os impostos (embora não existam impostos na Genovia);

- Nunca jogar cabeças de peixe nas águas genovianas para poluir, e sim descartá-las devidamente.

(Esta última promessa é muito controversa, e as pessoas têm pedido para que seja retirada da cerimônia tradicional de casamento na Genovia. Mas Mia e Michael pediram que fosse mantida, pois, embora nenhum dos dois seja religioso, eles acreditam que *algumas* tradições devem ser preservadas, tipo se livrar devidamente das cabeças de peixe.)

Por mais que eu não goste muito de sentimentalismo, achei a cerimônia bastante romântica. (Mas não cheguei a chorar como Nishi. As mães de Mia e Michael também choraram, principalmente na parte sobre criar os filhos para serem cidadãos exemplares da Genovia. Até mesmo Michael chorou um pouquinho nessa hora, talvez porque estivesse pensando nos gêmeos, Han e Solo.)

Contudo, ele estava supersério quando a primeira-ministra chegou ao momento de trocar alianças — que acabou dando certo porque o príncipe Khalil assumiu o travesseiro com as alianças assim que Rocky chegou na frente do salão, o que foi bom, pois Rocky passou boa parte da cerimônia brincando com a sua espada, mesmo sob os olhares zangados da mãe, isto é, quando ela não estava chorando, é claro.

Então Michael teve que jurar lealdade à Genovia, abrindo mão de outras nacionalidades para que pudesse ser o príncipe consorte de Sua Alteza Real Princesa Amelia Mignonette Grimaldi Thermopolis Renaldo.

Daí ele teve que se ajoelhar na frente de Mia, jurando ser eternamente verdadeiro a ela, assim como à coroa e à Casa dos Renaldo.

Depois ela pegou uma espada e encostou uma vez em cada um dos ombros dele, concedendo-lhe o título de consorte real Príncipe Michael Renaldo da

Genovia. Em seguida a primeira-ministra disse que ele podia beijar a noiva.

Achei que Nishi fosse cair de empolgação, mas eu estava tão ocupada arrumando o véu e a cauda para que Mia não se enrolasse (e também impedindo que Rocky desembainhasse a espada, pois ele achava que nessa parte todos iam começar a duelar) que acabei perdendo quando os dois finalmente se beijaram...

Mas ouvi dizer que foi bem quente! Nishi disse que Michael levantou Mia! E que a coroa dele caiu (mas Boris P conseguiu pegá-la antes que chegasse no chão).

De todo modo, quando percebi, todos já estavam comemorando e seguindo os noivos pelo corredor até as carruagens reais que esperavam para começar o desfile oficial que levaria os dois — e todos nós — pelo centro da Genovia. Lá iríamos acenar para a população, ser congratulados e ver os papéis picados sendo jogados das janelas de casas e lojas históricas.

O que foi bem divertido, preciso dizer, apesar de precisar admitir também que Mia tinha razão sobre uma coisa: roxo é mesmo uma cor realmente quente para o verão da Genovia!

Principalmente em uma carruagem ao ar livre sob o sol do meio-dia, mesmo com todos jogando champanhe por tudo.

Mas não vou reclamar, porque a sugestão foi minha.

Bem, minha e de Grandmère.

No entanto, meio que consigo entender por que Luisa vai trocar de roupa antes do baile à noite.

Mas não vou fazer isso porque aqui vai um segredo:

Agora mesmo, quando voltamos do desfile e fomos para o salão do trono tirar fotos (sim! Tivemos que voltar depois do desfile para fazer as fotos do casamento, por isso eu tive tempo de escrever isso tudo. Está uma *chatice* aqui!), o príncipe Khalil veio me dizer que eu estava "muito bonita" de vestido e tiara.

Fiquei surpresa.

Não que eu goste dele nem nada (só mesmo como amigo).

Ainda assim, achei muito gentil da parte dele. Ele não precisava dizer que eu estava bonita.

Só que nem é por isso que nunca mais vou tirar esse vestido. É só porque não quero, simplesmente.

Hmmmmm... Estou me perguntando se Grandmère sabia desde o começo que roxo é a cor que me cai melhor e se isso tudo era parte do plano dela, ou...

Tenho que ir. Mais fotos oficiais do casamento real. Sinceramente, ser princesa é um trabalho sem fim.

Domingo, 21 de junho, meio-dia, Quarto real genoviano, Dia seguinte ao casamento real

OBAAAAAAAAAAAAAAAAAAAAAAAAA
AAAAAAAAAAAAAAAAAAAAAAAAAAA
AAAAAAAAAAAAAAAAAAAAAAAAAAA
AAAAAAAAAAAAAAAAAAAAAAAAAAA
AA!!

A noite passada foi a melhor noite da minha vida!!!!!!!!

Acabei trocando de vestido. Tive que trocar, porque Francesca, a minha *personal stylist*, me obrigou. Ela disse que todos iam usar vestidos de noite para o baile, então tive que me trocar também.

Eu disse a ela que não poderia trocar, porque roxo era a minha cor da sorte e eu não tinha nenhum outro vestido roxo, muito menos algo tão chique quanto o vestido que eu sabia que Luisa ia usar — o vestido Claudio com saia destacável.

Mas Francesca me entregou algo e disse:

— Aqui. — Era uma caixa grande com um laço.

— O que é? — perguntei.

— É da sua irmã — explicou ela. — É o seu presente de dama de honra.

— Presente de dama de honra? — repeti. — O que é isso?

— É o presente que a noiva e o noivo oferecem a quem fez parte do casamento, para demonstrar que estão gratos pela ajuda.

Ajuda? Bem, eu tenho *ajudado* mesmo muito. Impedir que a cauda e o véu se embolassem foi muito, muito difícil!

Mas, quando abri a caixa, vi que Mia e Michael — ou imagino que possa chamá-lo de príncipe Mike agora — tinham ido *realmente* longe demais. Dentro da caixa havia um corpete de paetês e uma saia-envelope esvoaçante e longa.

— *Nossa!* — gritei, embora geralmente eu não seja uma grande fã de vestidos muito femininos (a não ser que sejam para um casamento, é claro).

Mas não era um vestido. Era *uma saia e um top.* Melhor ainda do que isso, o top era um *maiô.* Uma peça única *toda bordada de paetês.*

— Sim — disse Francesca, não parecendo muito feliz, pois ela não gosta de maiôs bordados com paetês. Sei disso porque já pedi um desses um milhão de vezes e ela sempre diz a mesma coisa: *um maiô bordado com paetês não seria apropriado para uma jovem da realeza.* Mia visivelmente discordava! — Eles me procuraram para saber o seu tamanho. Tem um bilhete junto! Talvez deva lê-lo.

Achei o bilhete e comecei a ler:

Do escritório de SAR
Amelia Renaldo da Genovia

Querida Olivia,
Eu e Michael gostaríamos de agradecer por tudo que você fez para que o nosso

casamento fosse tão maravilhoso. Você sempre demonstrou alegria, paciência e gentileza, mesmo quando sei que não se sentia assim.

Queremos agradecer em especial pelo desenho que fez de nós dois, que encontrei embaixo da minha porta pela manhã. É lindo. Vou emoldurá-lo para pendurar sobre os berços dos bebês, assim eles sempre poderão vê-lo e se lembrar de nós, assim como de você.

Você é a melhor irmã — e será a melhor tia — que alguém poderia querer. Mas, acima de tudo, é uma verdadeira princesa.

Com amor,

Mia

Eu não podia acreditar! Era a melhor carta que eu já tinha recebido na vida!

Estou tão feliz por ter tirado aquele desenho que fiz dela e de Michael do caderno para deixar sob a porta do quarto de Mia esta manhã (depois de ter descoberto que o bolo de casamento tinha sido destruído).

Não foi só por isso que fiz o desenho, é claro... foi a única coisa que pensei que podia dar aos dois de presente de casamento, considerando que não tenho dinheiro e que a nossa interpretação de "Todas as estradas levam à Genovia" não pareceu ser um presente tão bom assim. Afinal, era um presente de toda a escola, e não só *meu*.

Mas as pessoas gostam das coisas feitas por nós mesmos — se você faz algo decente, ao menos. É *sempre* bom dar a quem amamos algo de coração.

Fiquei especialmente feliz por Mia e Michael terem gostado do meu presente o bastante para retribuir com um presente também, algo que eu queria muito... até eu descobrir, minutos depois, que Nishi tinha ganhado exatamente a *mesma coisa*.

Aí fiquei em ÊXTASE. Porque significava que Mia realmente me entendia!

— Podemos usar na festa? — perguntamos a Francesca, que parecia estar sofrendo ao ver Nishi entrar no quarto usando o presente e pulando e gritando.

— Se acham que devem — respondeu ela. — Me parece que essa foi a intenção.

— É como se a sua irmã *soubesse* que somos náiades — repetia Nishi, dançando pelo quarto com o corpete de paetês e a saia esvoaçante. — É como se ela fosse *vidente*!

— Acho que foi a amiga dela, Shameeka — falei.

— Ou Lana. Elas entendem mais disso. Mas e daí? Isso não importa. Porque estamos *incríveis*.

Eu estava tão feliz! Não achei que poderia ficar ainda mais feliz.

Mas me enganei.

Porque, depois que descemos para a festa e a princesa Komiko, a rainha Amina e todos os outros alunos da escola começaram a chegar, e Boris P subiu no palco e começou a cantar, Nishi e eu nos esquecemos completamente dos nossos vestidos-maiôs de náiades e começamos *a nos divertir como nunca tínhamos nos divertido* numa festa de casamento.

(Bem, na verdade, para mim foi a primeira vez que fui a uma festa de casamento. Ainda assim, foi a melhor de todas!)

O chef Bernard preparou um macarrão com queijo e lagosta, assim teria comida o bastante para todos, e incluiu também pequenos sanduíches de queijo com sopa de tomate servida em taças, o que pelo visto era exatamente como Mia e Michael queriam que fosse desde o começo, mas Grandmère tinha dito que não seria elegante o bastante para um casamento real.

Eles ficaram superfelizes!

E a sugestão de Lilly de pôr mesas e cadeiras perto da piscina no jardim foi simplesmente perfeita, porque assim os mais velhos, como a baronesa, Grandmère e os líderes mundiais, ficaram sentados nas mesas do salão com ar condicionado enquanto os mais novos faziam a festa lá fora... o que foi bem melhor, se quer a minha opinião.

Na festa dos jovens, Boris P tocava e nós dançávamos e nos divertíamos.

Só que obviamente não estávamos dançando do jeito que Luisa tinha imaginado — ninguém ficou abraçadinho sob o luar e as folhas esvoaçantes das palmeiras genovianas. Ninguém dançou de casal, na verdade... bem, a não ser quando cantamos "Todas as estradas levam à Genovia", o que fizemos uma última vez pela minha irmã, porque Michael implorou e pediu como um favor especial. Nunca ouvi tantos aplausos na vida!

Não sei o que essa música tem de especial.

Mas ainda bem que foi a última vez que cantei isso. E ainda bem também que ninguém conseguiu encontrar o príncipe Gunther quando fomos nos apresentar, então acabei fazendo o passeio com Rocky, e não com o Flexionador-tirador-de-meleca (embora, para ser justa, eu precise dizer que ele não tira mais meleca nem flexiona mais tanto o braço).

Houve umas *duas* músicas que as pessoas dançaram como casal. Mia e Michael fizeram a primeira dança como marido e mulher ao som de uma música velha que ninguém nunca ouviu na vida (ou pelo menos eu nunca ouvi). Todos ficaram de pé ao redor, observando e batendo palmas. Foi bem legal.

Depois Mia e o meu pai dançaram como pai e filha, assim como Michael e a mãe dele como mãe e filho.

Então todos começaram a dançar ao som do Boris P, mas num grande grupo, e não em casais e tal. Os meninos tiraram os ternos e as meninas tiraram os sapatos, daí ficamos pulando como loucos, tentando não cair na piscina. Foi *tão divertido*.

Bom, divertido para todos menos para Luisa. Não que ela tenha caído na piscina (o que teria sido hilário). Mas porque ela simplesmente não queria dançar, nem mesmo quando Victorine ou Marguerite ou eu tentamos puxá-la para a pista de dança. Ela disse que estávamos sendo "imaturas" e que "não entendíamos nada".

Aí, quando levei um coquetel de sopa de tomate e um queijo quente em miniatura para ela, pensando que talvez o problema fosse ela estar com fome e também triste porque os pais dela não foram ao casamento, pois odiavam estar no mesmo país, Luisa nem mesmo me agradeceu. Apenas disse:

— Você e a sua amiga estão ridículas com esses vestidos combinando. — Ela estava se referindo a Nishi, que estava dançando em um grupo grande com Rocky, a princesa Komiko e várias outras pessoas. — Caso não tenha percebido.

— Sério? — Fiquei zangada, mas também com alguma vontade de rir. Aquilo era tão... Luisa Ferrari. — Não são vestidos. São maiôs com saias.

— Bom, então é ainda mais ridículo — comentou ela. — Estamos em um baile real e não em um encontro de nadadores.

Balancei a cabeça e percebi que Luisa não tinha mais como me magoar, em parte devido ao que Grandmère havia dito e em parte porque... bom, sou uma princesa de verdade agora! A minha própria irmã disse.

E mesmo que não fosse, não ia me importar com aquele comentário. É Luisa Ferrari. Ela não tem poder algum sobre mim.

O que é bom, porque, quando ela descobrir o que eu ouvi a minha irmã contar para a Madame Alain perto da fonte de chocolate — que no outono todas as escolas da Genovia, incluindo a ARG, serão obrigadas por proclamação real a receber crianças refugiadas, ou pagarão multas e poderão até mesmo fechar —, Luisa vai *pirar* (*pirar* significa ficar louca diante de uma surpresa. Aprendi isso com a mãe de Michael).

Não duvido que essa ideia tenha sido da minha avó para ensinar os Ferrari a ter mais caráter. Eu vi Grandmère próxima à fonte de chocolate enquanto a minha irmã e a Madame Alain conversavam. Tenho certeza de que plantou a sementinha na cabeça de Mia...

Mas isso não quer dizer que seja uma má ideia. Na verdade, acho muito bom. Ir para a escola com vários plebeus vai ser um desafio imenso para a minha prima...

E será bastante instrutivo também. Assim como tem sido instrutivo para mim ir a um colégio com vários membros da realeza.

— Tome, Luisa — falei, entregando um pedaço do bolo de casamento a ela. — Parece estar precisando disso.

— Tá de brincadeira? — Ela me olhou, assombrada. — Eu não como *bolo*.

— Por que não? É um casamento. Dá azar não comer o bolo.

— Tá bom. — Ela fez uma careta, mas pegou o bolo da minha mão e começou a comer. — Mas se eu rasgar esse vestido, vou fazer o seu pai pagar por ele. É um *Claudio*. Não que alguém nessa festa tenha notado. Muito menos *ele*. — Ela apontou o garfo na direção do príncipe Khalil. Ele tinha tirado o fraque também, assim como todos os outros meninos, e estava dançando um dos grandes hits de Boris P, "Um milhão de estrelas". Boris estava cantando a música para a amiga de Mia, Tina, que ele tinha voltado a namorar para a alegria de todos. No fim das contas, ele não a tinha traído.

Eu tentei não reparar que o príncipe Khalil estava muito, muito gatinho.

— Não acho que meninos como ele prestem atenção em marcas de estilistas — expliquei o mais educadamente que consegui.

Luisa fez outra careta.

— É, parece que não. Se eu estivesse usando uma *iguana*, ele prestaria atenção.

Era meio chato ficar do lado de Luisa. Mas, como eu era uma das anfitriãs da festa, senti que não podia simplesmente a deixar ali, se sentindo tão triste, afinal não seria muito principesco.

E claro que me lembrei do que Grandmère havia dito sobre ser o nosso dever como membros da realeza guiar os menos afortunados... o que acaba sendo engraçado, de um jeito estranho, porque Luisa tinha sido escolhida para ser a *minha* guia na ARG! Mas agora, aqui estava eu, guiando Luisa. Ou tentando, pelo menos.

Então — assim como tinha acontecido com o presente que ganhei de Mia —, de repente fui recompensada pelo meu trabalho duro quando algo *incrível* aconteceu.

— Princesa Olivia? — Uma voz me chamou da escuridão.

E, do jardim além dos fios de luzinhas que eu e os jardineiros havíamos pendurado entre as palmeiras, surgiu uma figura que eu não reconheci — embora depois tenha percebido que *deveria* ter me dado conta de quem era, pois era um menino que eu conhecia. Ele tinha braços e ombros largos — que pareciam ainda maiores com o fraque grande demais que estava usando —, um sotaque austríaco e o cabelo tão loiro que parecia feito de ouro...

— Prín-príncipe Gunther! — gaguejei, me levantando. — O seu... o seu cabelo. Não está mais verde!

— Ah, é — disse ele, timidamente passando os dedos pela cabeleira agora amarela. — Era a surpresa que eu tinha mencionado na mensagem de texto.

Luisa também se levantou. O seu queixo estava caído.

— Príncipe Gunther, você está *incrível*.

— *Danke* — agradeceu ele. — Você também está muito bem. Está usando um Claudio?

Luisa olhou para o próprio vestido, chocada.

— O que... *o que* foi que você disse?

— Perguntei se é um Claudio. — Gunther se aproximou e apontou para o vestido dela. — Conheço esse estilista. A minha mãe gosta muito dele. Ela costumava desfilar para ele. Teve todas as suas coleções dos últimos dez anos. Ela gosta principalmente da coleção resort, para quando vai a Maiorca, no feriado de Corpus Christi.

Achei que Luisa fosse *pirar* de espanto.

— A minha mãe ama a coleção resort do Claudio também.

Eu não fazia ideia sobre o que os dois estavam falando, mas como anfitriã da festa, achei que era o meu dever perguntar:

— Príncipe Gunther, o que aconteceu com você? Onde estava?

— Ah, me desculpe pelo atraso, princesa — disse ele. — O suco de limão que usei para tirar o verde do meu cabelo demorou mais do que eu esperava para fazer efeito. Por favor, pode aceitar as minhas desculpas e transmitir as mesmas aos noivos?

— Hmm — respondi. — Claro. — Eu não tinha ideia de onde Mia e Michael estavam. Era tarde e eu não via os dois havia horas. Até onde eu sabia, era capaz de terem ido dormir. Não podia culpá-los. Afinal, tinham passado o dia sorrindo tanto para os fotógrafos que eu podia imaginar o quanto os dois deviam estar cansados.

De repente, Luisa tinha começado a sorrir também.

— *Isto* é um Claudio? — perguntou ela apontando para o fraque do príncipe Gunther.

— Hmm, sim — respondeu ele. — É vintage. Foi do meu avô.

Luisa respirou fundo.

— Vintage? Sabe quanto um fraque Claudio vintage vale?

— Sim — afirmou Gunther. — O meu pai me mataria se soubesse que o estou usando. Mas achei que, numa ocasião dessas, valeria a pena...

Quando notei, Luisa estava empurrando o príncipe Gunther para uma cadeira na mesa dela

e o bombardeando com perguntas sobre a coleção Claudio da mãe dele.

E ele não pareceu se incomodar, embora parecesse muito nervoso. Mas de um jeito *bom*.

Eu não podia acreditar. A minha prima não estava se exibindo para um menino para chamar atenção *nem* sendo cruel com ele (ou comigo, ou com qualquer um). Estava simplesmente conversando com outra pessoa sobre algo em que tinha interesse... e que a outra pessoa também parecia interessada!

Eu não tinha certeza se isso provava finalmente que ela possuía algum caráter ou sensibilidade, mas parecia revelar que eu *tinha cumprido* o meu trabalho de boa anfitriã. Comecei a me afastar lentamente, sentindo alguma satisfação...

... quando, do nada, alguém agarrou e puxou a minha mão.

E, de todas as pessoas do mundo, era quem eu menos esperava: O PRÍNCIPE KHALIL.

— Olivia — disse ele com urgência, me levando para a extremidade da piscina. — Que bom que consegui encontrar você. Venha comigo, rápido!

Eu não sabia o que estava acontecendo; achei que talvez Mia e Michael estivessem indo embora para a lua de mel e que todos iam se reunir para um aceno de despedida. Ou que os fogos tivessem começado, ou que precisassem de mim para tirar uma foto com a rainha da Inglaterra, Boris P e tal.

Mas não era nada disso! Na verdade, o príncipe Khalil me guiou até a laranjeira que ficava abaixo da janela do meu quarto — onde estava muito escuro, considerando que era noite e que não tínhamos pensado em colocar luzinhas ali — e apontou.

— Veja! — gritou ele.

Olhei, mas só consegui notar que eles haviam esquecido de tirar uma das armadilhas. Então percebi um leve movimento dentro dela...

Uma iguana! Mas não qualquer iguana. Uma iguana filhote verde.

Eu arfei.

— Carlos!

Khalil me olhou, curioso.

— Carlos? Quem é Carlos?

— Hmm — falei. — Ninguém. — Não queria que ele soubesse que eu tinha dado um nome para uma das iguanas. Isso provavelmente era uma violação ao código de ética da Sociedade de Resgate de Répteis e Anfíbios da Genovia ou algo assim.

— Eu só queria mostrar que deixamos uma escapar — explicou o príncipe Khalil. — Espero que a sua avó não pense que falhamos. Tenho certeza de que esta é a última. Posso vir pela manhã para pegá-la, se você quiser.

— Não — disparei de repente, antes que conseguisse me controlar. — Por favor, não! É o Carlos.

Embora estivesse escuro embaixo da laranjeira, a lua começava a surgir acima das paredes do palácio, assim eu conseguia enxergar perfeitamente o rosto dele e pude ver o quanto estava perplexo.

— Calma aí... você tem uma *iguana de estimação*?

— Bem, não é exatamente de estimação — comentei, me sentindo sem graça. — Ele só costuma ficar aqui por perto. — Apontei para a janela acima de nós, tentando pensar num modo de explicar aquilo. — Ali é o meu quarto, está vendo? Acho que fiquei... bom, fiquei acostumada com a presença dele. Eu ia sentir falta se ele fosse levado para o campo de golfe. Será que tem problema a gente ficar apenas com uma iguana? Tenho certeza de que a minha avó não se importaria. Carlos já faz parte da família.

Lentamente, o príncipe Khalil sorriu.

— Uau! Nunca pensei que eu conheceria uma menina que gostasse de iguanas... muito menos uma *princesa*. Achei que princesas só gostassem de vestidos e de coisas materiais.

— Ah — falei, me sentindo desconfortável ao pensar em Luisa. — Bom, é possível ser uma princesa e gostar de várias coisas diferentes. De vestidos, de desenhar, de futebol, de andar a cavalo, de governar e, hmm, de iguanas. Embora, para ser sincera, eu não gostasse de iguanas no começo. Mas, quando as conheci melhor, passei a gostar.

Percebi que não estava falando apenas de iguanas... estava falando da ARG... e da minha prima Luisa... e talvez até mesmo do príncipe Khalil!

Isso fez com que eu me sentisse ainda *mais* desconfortável, principalmente por causa do jeito que ele ficava olhando para mim. Por que os olhos dele são tão castanhos?

— E, de todo modo — acrescentei —, este não é o seu trabalho?

Ele ainda me olhava como se tivesse alguma coisa estranha no meu rosto.

— O quê?

— Não faz parte do seu trabalho na sociedade de herpetologia educar o público sobre como é bom ter répteis e anfíbios por perto? Porque são benéficos para o meio ambiente?

— Ah, sim — respondeu ele, sorrindo mais um pouco. — Exatamente.

— Então, talvez — continuei —, possamos ficar só com um. Com este. O Carlos.

— Com certeza — afirmou ele. — Posso mostrar como se deve tomar conta dele, como alimentá-lo e coisas assim. Posso vir aqui a hora que você quiser, porque os meus pais ficarão na Genovia durante o verão.

— Ah — falei. — Isso seria ótimo.

Daí, quando ele me mostrou como abrir a armadilha para deixar Carlos sair (embora o boboca estivesse dormindo, ou muito assustado, ou algo assim, e não quisesse sair de lá, então praticamente tivemos que sacudir a gaiola para baixo e para cima para que ele se fosse), o príncipe Khalil colocou acidentalmente a mão sobre a minha enquanto eu tentava mexer na trava.

— Ops — disse ele, sorrindo ainda mais. — Me desculpe.

— Tudo bem — respondi, sorrindo também. Eu não sabia o que havia

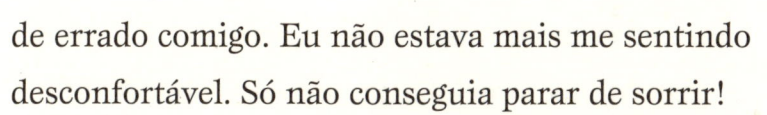

de errado comigo. Eu não estava mais me sentindo desconfortável. Só não conseguia parar de sorrir!

Principalmente no caminho de volta para a festa — o príncipe Khalil havia fechado a porta da armadilha para Carlos não entrar lá dentro de novo e prometeu voltar no dia seguinte (que é hoje) para buscá-la — quando ele perguntou:

— Você quer dançar?

— Claro — afirmei, pois não tinha entendido o que estava acontecendo. Acho que com relação a isso Luisa pode ter razão. Sou MESMO um bebê bobo e imaturo. — Dancei a noite toda. Você não viu?

— Não — respondeu ele, parecendo estar tão sem graça quanto eu estava prestes a me sentir. — Eu quis dizer comigo. Você quer dançar comigo?

A princípio eu não soube dizer se o que eu tinha ouvido estava na minha cabeça ou no meu coração, mas soou como se um *milhão* de fogos de artifício tivessem explodido ao mesmo tempo, provocando um clarão de luz que brilhava ainda mais que os cristais no vestido de noiva da minha irmã.

E isso porque o show com fogos de artifício do casamento real *tinha* mesmo começado naquele instante, bem acima das nossas cabeças, numa imensa erupção de branco, verde e azul genoviano.

Com o coração retumbando no peito, respondi:

— Mas é claro, príncipe Khalil. Eu *adoraria* dançar com você.

Então dançamos!

Não dançamos uma música lenta nem nada.

Mas definitivamente dançamos sob o luar e próximos ao chafariz! As nossas mãos até mesmo chegaram a tocar uma na outra numa hora, quando eu quase perdi o equilíbrio e teria caído dentro da piscina se ele não tivesse me segurado, rindo, e me salvado!

Foi *maravilhoso*.

Ainda não consegui parar de sorrir. E isso porque eu finalmente percebi uma coisa: acho que Nishi pode ter razão.

O príncipe Khalil *gosta,* sim, de mim! E não apenas como amiga. E quer saber?

Eu acho que gosto dele também. ☺

No fim, parece que o casamento acabou não sendo um desastre. E eu também não me saí um desastre de princesa!

Bom, melhor eu ir me deitar agora. Com Mia viajando para a lua de mel, terei *muito* mais responsabilidades a partir de amanhã. Como diz Grandmère, toda mulher precisa de pelo menos oito horas de sono por noite para acordar nova pela manhã e enfrentar o dia.

OBRIGADA POR LER ESTE LIVRO.

AOS AMIGOS QUE FIZERAM

Desastre no casamento real

POSSÍVEL:

Jean Feiwel
publisher

Liz Szabla
editor-chefe

Rich Deas
diretor criativo sênior

Holly West
editor

Dave Barrett
editor executivo

Raymond Ernesto Colón
gerente de produção

Anna Roberto
editor

Christine Barcellona
editor assistente

Emily Settle
assistente administrativo

Anna Poon
assistente editorial